美の芸術家

The Artist of the Beautiful

ホーソーン

小論　作家とその妻――
「一言も訊かないともう決めています」

矢作三蔵　訳著

開文社出版

目次

美の芸術家

初老の男が、きれいな娘に腕を貸し、通りをやって来ると、小さな店の窓から舗道に明かりがこぼれ、男の影が、曇り空のほのかに暗い夕闇を抜け出て、光の中に浮かび上がった。窓は、張り出し窓。窓の内側には、時計が、様々掛かっていた――銅と亜鉛の金まがいの時計[1]、銀時計、そして、一つ二つの金時計――時計は、すべて、文字盤を通りからそむけ、けちくさくも、道行く人に、時を告げるのを嫌《いや》がる様子。店の中では、窓に横向きに座る人の姿が見える。青年がひとり、笠つきランプの光を一点に当て、精密な機械に熱心に青白い顔を向けていた。

「オーウェン・ウォーランドは、いったい、何にうつつをぬかしているのかな」老ピーター・ホーヴェンデンはつぶやいた――自身、時計屋で現在は退いた身、この青年のかつての師匠は、弟子の仕事を、今もいぶかしむ。「あいつは、いったい、何をやっているのかね。この六ヶ月、店のそばを通ると、必ず、今のように、相も変わらずせっせと仕事に励みおる。永久運動[2]を探すということであれば、いつもの馬鹿さ加減ではすまなくなる。でも、わしは、昔の家業のことは重々心得ているから、やつが今忙しく取り掛かっているのは、時計の機械の部品では決してないことくらい、分かっている」

「お父さん、おそらく」アニーは、父親の疑問に、たいして関心を示さないまま言った。「オーウェンは、新型の時計を発明しようとしているのよ。オーウェンには、それだけの才があります」

「馬鹿たれが。やつに才能があるといっても、せいぜい、オランダ製の玩具《おもちゃ》(3)を作る程度のもの」父親は答えた。父親は、以前、オーウェン・ウォーランドの尋常とはいえない才能に、ひどく苛立《いらだ》たされたことがある。「そんな才能など、御免こうむる。それでどうなったか、わしが知る限りでは、店の最高級の時計をいくつかおかしくしただけ。やつは、お天道様だって軌道からはずし、時間の流れをそっくり狂わせかねない。今言ったように、かりにやつの才能が、子供の玩具よりも大きなものを扱えるとしての話だ」

「黙って、お父さん。聞こえる」アニーは囁《ささや》くと、老人の腕を押した。「あの人の耳は、あの人の感受性くらいに繊細よ。ちょっとしたことにでも乱されてしまうと、知っているでしょう。さあ、行きましょう」

そこで、ピーター・ホーヴェンデンと娘のアニーは、これ以上言葉を交わすことなく、ゆっくり歩き続けた。いつのまにか、町の横丁に入り、鍛冶屋の店の前を通ると、扉は開いていた。店の中に、炉が見えた。炉は、ぱっと燃え立ち、煤《すす》けた高い天井を明るく照らし出すかと思うと、今度は、その光を、石炭が撒かれた床の範囲に狭く封じ込める。鞴《ふいご》が、息を吐き出し、ふたたび、大きな革の肺に息を吸い込むに応じてのことだ。明るく輝く間は、店の遠くの隅の物も、壁に掛けられた馬蹄も、容易に見分けられる。一瞬暗くなると、火は、仕切りのない薄暗い空間で、ちらちらと燃えているかに思える。この赤く輝くかと思うと闇に変わるなか、動き回る鍛冶屋の姿は、見ものである。光と影とのあまりに見事な光景。輝く炎と暗い夜とが、さながら、お互い鍛冶屋の美しい力を奪い合うかのように格闘している。ほどなくして、鍛冶屋は、白く熱した鉄の棒を石炭から抜き出し、金床《かなとこ》に置くと、力あふれる腕を振り上げる。するとすぐ、ハンマーを叩《たた》くたびに、火花が、無数、あたりの闇に飛び散り、鍛冶屋を包み込んだ。

「それ、気持ちがよい眺めだろう」元の時計屋の老人が言った。「金《きん》を使って仕事することが、どんなものか、わしは知っているつもりだ。でも、何と言っても、わしには、鉄を扱って働く人がよい。鍛冶屋は、実体のあるものに労力を注いでおる。どう思うかね」

「お願い、お父さん。そんな大声出さないで」アニーは、囁《ささや》くように言った。

「ロバート・ダンフォースに聞こえます」

「万が一聞こえても、構うものかね」ピーター・ホーヴェンデンは言った。

「よいかね、もう一度言っておく。実体のあるものに向かって力をふりしぼって生きる。鍛冶屋のように、筋肉逞《たくま》しい腕をむき出しにして、糧《かて》を得る。これこそ、健全で、すばらしい生き方なのだ。時計屋などは、こみ入った歯車で頭を煩《わずら》わせるか、健康を損ねるか、せっかくのよい目をだめにするかだ。わしの場合のようにな。中年、いや、もう少し年齢が進んでみろ、もう、自分の仕事ができなくなっている。かといって、他にぴったりとした仕事もない。それでいて、貧しくて、楽には暮らせない。だから、もう一度、言わせてくれ。わしとしては、精いっぱいの力が欲しいのだ。しかも、この仕事であれば、愚かなことなど考えずにすむ。鍛冶屋に、あそこのオーウェン・ウォーランドほどの馬鹿者がいると、聞いたことがあるかね」

「よく言ってくれた。ホーヴェンデンおじさん」ロバート・ダンフォースが、炉から、太くて低い声で、楽しげに叫んだ。屋根が反響するほど朗々とした声であった。「アニーは、その説をどう思うかね。馬蹄を鍛《きたえ》るとか、鉄の格子を作るよりも、女ものの時計を修繕するほうが、上品な仕事だと、アニーは考えるのであろう」

アニーは、父親を前へと引き、父親に答える隙《すき》を与えなかった。

ところで、読者には、ここで、時計屋に引き返していただき、オーウェン・ウォーランドの経歴と性格について、じっくりとお考えいただかなければならない。もっとも、ピーター・ホーヴェンデン、おそらく娘のアニー、そして、オーウェンの学校の幼馴染《おさななじ》みロバート・ダンフォースにしてみれば、たいした話題でもないのにそこまでする必要はないと思えたはず。オーウェンは、小さな指に切り出しナイフを握れるようになって以来、細かなことに特別の才を持つと、注目されてきた。主に花や鳥の形など、時に、木を使って美しい形を作り、時に、機械仕掛けの隠れた秘密を生み出そうとした。しかし、いつも、優雅な美しさを求めてのこと、決して、実用品のまがい物など目指してはいなかった。大勢の童《わらべ》職人のように、納屋の隅に小さな風車を取り付けることも、近くの小川に水車を掛けることもしなかった。この少年には、何か一種独特の才があり、じっくり観察する価値がある。こう考える人たちは、なるほど、この子は、鳥の飛ぶ姿にしろ、小動物の動く姿にしろ、自然に表われた、美しい動きを写し取ろうしているると、時に想像し納得した。実際、それは、詩人や画家や彫刻家になってもよいほど、オーウェンの中で、美を愛でる気持ちが新たに展開したもののように思えた。いずれの芸術にも劣らないほど洗練され、実用品の粗雑さなどいっさいなかった。ごくありふれた機械といえども、オーウェンは、規則正しくも硬直した動きを目にすると、特に嫌悪感を募らせた。機械の原理を直観でもって理解する。この喜びが満たされると期待されて、オーウェンは、一度、蒸気機関を見に連れ出されたことがある。このときも、オーウェンは、顔を青ざめ、気分を悪くした。まるで、何か不自然な化け物を目の前に差し出されたかのようであった。こうしてオーウェンが恐怖に襲われるのは、ある部分、蒸気機関という鉄の労働者(4)の図体が大きく、強烈なエネルギーを発しているからであった。何しろ、オーウェンの心は、いかにも顕微鏡のようで、関心は、細かなことに向けられた。身体は小柄、指は、繊細な力を秘めて驚くほど小さいのだから、無理はなかった。だからといって、それによって、美意識までもが、かわいらしさを愛でる気持ちにしぼみはしなかった。美の理念は、大きさとは、何ら関係がない。顕微鏡を用いて調べることしかできないごく狭い空間でも、虹の弧を使って測るほど広い幅のときと同じ。おそらく、いずれにおいても、美の理念は、完全に広がるもの。だが、オーウェン・ウォーランドの場合、とにもかくにも、対象も、そして、実際作り上げたものも、いかにも細かなものなので、世間の人々は、よけいに、オーウェン・ウォーランドの才能を正しく評価できなかった。この子を時計屋の年季奉公に出す。もうこれしかないと、縁者たちは考えた。実際、おそらく、その通りであったろう。奇妙な才能が正され、実用目的に捧げられればと、望んでのことであった。

ピーター・ホーヴェンデンが弟子をどのように考えているかは、既に本人が述べた通りである。ホーヴェンデンは、弟子のことは、何も分かっていなかった。確かに、時計屋の仕事の奥義については、オーウェンは、思いも寄らないほど飲み込みが速い。だが、時計屋の仕事のりっぱな目的はとなると、すっかり忘れたのか、無視したのか、時間を測ることなど、気にもとめず、時が永遠に溶け込んだかのようにしていた。それでも、老師匠の手の中にとどまる限りでは、厳しく指示され、厳重に監視され、本人に頑《かたく》なところがないため、オーウェンは、異常な創作に走らずにすんでいた。だが、オーウェンの年季奉公が明け、ホーヴェンデンは、視力の衰えから、やむを得ず、店を引き渡し、オーウェンが小さな店を引き継ぐ段になった。そうなると、人々は、毎日の時の歩みに、目が見えない老いた時の翁《おきな》(5)の手を引くには、オーウェンがいかに不向きかを悟った。もっとも道理にかなう計画といっても、オーウェンが立てたものは、時計の機械に音楽装置を結びつけること。そうすることで、日常のすべての耳障りな不協和音を豊かな響きに変え、過ぎ去り行く一瞬一瞬を調和音という黄金の雫《しずく》にして、過去という深淵《しんえん》に滴《したた》らせる。オーウェンは、修理するようにと、柱時計を預かると——幾世代もの間、人生の時を刻み続け、ほとんど一人の人間になってしまった背の高い古時計――これを預かると、仕事を引き受けたのはよいが、せっかくの神々しい文字盤に、踊りの輪や葬列を数字に見たてて並べる始末。それによって、十二の楽しい時間、ないし、十二の憂鬱な時間を表わした。この種の気まぐれがいけなかった。堅実で実務的な人たちは、もう、オーウェンをまったく信用しなくなった。時は、この世の進歩や発展を運ぶものにせよ、来世へと向かう準備期間にせよ、時を弄《もてあそ》んではならないとの意見を持つ人たちであった。お客の数が急激に減った。不幸なことであったが、おそらく、オーウェンには幸いな出来事に数えられたはず。オーウェンは、人知れない仕事にますますのめり込んでいった。知識や指先の技をすべて駆使し、同じく、いかにも自分らしい天性を発揮する。この仕事をやり続けるのに、もう既に、多くの歳月を費やしてきていた。

元時計屋ときれいな娘に、道の薄暗がりから、じっと見詰められると、その後、オーウェン・ウォーランドは、神経の震えに襲われ、そのため、手までも震え出し、そのとき行っていたような繊細な仕事は、これ以上続けられなかった。

「アニーに間違いない」オーウェンはつぶやいた。「こうして心臓がときめいたのだから、父親の声を聞くまでもなく、アニーだと気づいてもよかったのに。ああ、心臓がどきどきする。今晩は、ふたたび、この精巧な機械に、どうも打ち込めそうにない。アニー、いとしいアニー、僕の心臓を強くし、手に力を与えて欲しいのに、こうまで震えさせるとは。僕が美の魂そのものを形に表わし、動くものにしようとするのは、誰のためでもない。君のためなのだ。ああ、どきどきする。心臓よ、収まってくれ。こうして仕事が邪魔されれば、何かぼんやりとした目覚めの悪い夢を見、明日は、魂の失せた抜け殻になってしまう」

オーウェンが、ふたたび、仕事に取り掛かろうと努力していると、店の扉が開き、がっしりとした体躯の男が入ってきた。鍛冶屋の店の光と闇の中に姿を見かけたとき、ピーター・ホーヴェンデンが、わざわざ立ち止まって誉《ほ》めそやした男にほかならなかった。ロバート・ダンフォースは、小さな金床《かなとこ》を運んで来た。ダンフォース特製の一風変わった作りの品は、その若い芸術家から、最近、注文を受けたもの。オーウェンは、品物を確かめると、望み通りの出来ばえだと、はっきり告げた。

「それは、そうだ」ロバート・ダンフォースは言った。まるでダブルベースの音のように、力強い声が、店いっぱいに広がった。「自分の商売のことといえば、何でもやれる。もっとも、俺が、お前さんの商売についたら、こんなような拳《こぶし》だもの、さぞかし惨めな姿を晒《さら》したであろう」鍛冶屋は笑うと、オーウェンの繊細な手の傍らに、ばかでかい手を置き、さらにこう言った。「だが、それがどうした。貴様が時計屋の弟子になってから使ってきた力をいくら集めてみても、俺様が大ハンマーの一撃に込める目一杯の力にはかなうはずはない。そうではないかね」

「きっとそうでしょう」オーウェンは、低くか細い声で答えた。「腕力は、この世の化け物です。僕は、腕力があるふりなどしません。僕の力は、何であれ、まったく精神性を帯びたものです」

「そうかね。ところで、貴様は、いったい何をやっているのかね」幼馴染《おさななじ》みは尋ねた。なおも、腹の底から朗々と響く声であったために、芸術家はたじろいだ。とりわけ、質問が、今夢中になっている想像の夢という神聖な話題に及ぶと、たじろぎはいっそうひどいものとなった。「永久運動を発見しようとしているとの噂だが」

「永久運動――とんでもない」オーウェンは、もううんざりとの動きを見せながら、答えた。すっかり小腹を立てていた。「そんなの、決して、見つかりません。それは、人を惑わすかもしれない夢。でも、頭を物質に幻惑された人がそうなるのであって、僕は大丈夫です。それに、今、蒸気や水力を用いて果たしているような目的に、その秘密を向けるだけのことであれば、もし可能だとしても、発見するに値しません。綿繰《わたくり》機械の新機種の生みの親になり、栄誉を得たいとの野心など、僕にはありません」

「そうなれば、はなはだ滑稽だ」鍛冶屋は叫んだ。突然どっと笑い出したので、オーウェンの身体までもが、仕事台の釣鐘状のガラスの容器に共鳴し、振動した。「とんでもない、とんでもない、オーウェン。お前の子供というのであれば、関節にしろ、筋骨にしろ、鉄製ではないはずだ。さて、もうこれ以上、邪魔するのはよそう。おやすみ、オーウェン。ぜひ、成功を。もし何か助けが欲しければ、ハンマーを金床《かなとこ》にまっすぐ打ち下ろすことでよければ、わしが力になるよ」

怪力の持ち主は、もう一度笑うと、時計屋を去った。

「まったく妙だ」オーウェン・ウォーランドは、手に頭をもたせ掛けて、ひとり囁《ささや》いた。「理想美を求めて深く抱く僕の考えも、僕の目的も、僕の情熱も、そして、理想美を生み出せる力があるとの僕の意識も――力といっても、繊細で、霊妙なだけに、この地上の巨人、鍛冶屋には何のことか見当がつくまい――

—すべてがすべて、あまりに空しく、根拠がないように思えてくる。行く手を、ロバート・ダンフォースに横切られると、いつもそうなるのだ。たびたび会えば、僕は、やつに狂わされる。やつの激しく獣のような力に触れ、僕の精神性は闇と化し、混乱を来たす。僕も、僕なりに強くなるのだ。決して、やつに屈してはならない」

オーウェンは、ガラス器の下から、一片の小さな機械を取り出すと、ランプの明かりの中に置いた。光は一点に注がれている。そして、拡大鏡を通して、じっと見詰めながら、鋼《はがね》の精巧な道具を動かし始めた。しかしオーウェンは、すぐにも、椅子にのけぞると、両手の指を組み、顔に恐怖の表情を浮かべた。目鼻立ちこそ小さいが、まるで巨人の顔立ちかのように深く印象に残る顔であった。

「とんでもない。僕は、何ということをしでかしたのか」オーウェンは叫んだ。「霊気。あの獣の力の影響。そのせいで、僕はうろたえ、ものを見抜く目を霞《かす》ませてしまったのだ。するのではと、最初から恐れてきた一撃、命取りとなる一撃、こいつを食らわせてしまった。すべてが水の泡。数ヶ月にわたる苦労。生きる目的。僕は身を滅ぼしてしまった」

異様に絶望した気持ちになり、その場に座り続けていると、ついに、ランプの明かりが火受けに揺れ、美の芸術家は、ひとり闇に取り残された。

このようにして、いわば、人の想像の中で育ち、想像の目にはあまりにすばらしく、世間の人の言う価値ある価値をすべて超えているように見える理念でも、実用に触れると、ただではすまず、粉々に打ち砕かれ、無意味なものとなる。理想を求める芸術家には、繊細さとはほとんど相容れない性格の強さが、どうしても必要なのだ。疑い深い世間にまったく信用されず、攻撃を受けようとも、自分自身を信じ続けなければならない。芸術家は、才能にしろ、才能を向ける対象にしろ、人類に立ち向かい、自分自身、自らの唯一の弟子とならなければならない。

オーウェン・ウォーランドは、少しの間、この厳しいが避けがたい試練に屈していた。数週間、何もせず、四六時中、頭を両手で抱えていたので、町の人々は、めったに、オーウェンの顔を拝むことがなかった。ついに、ふたたび、オーウェンが日の光に顔を持ち上げると、その表情には、冷たく、鈍く、何か言いようもない変化が表われていた。しかしながら、ピーター・ホーヴェンデンの意見、並びに、生活は時計のぜんまい仕掛けのように、鉛の分銅《ふんどう》で調整されるべきと考える分別ある階層の人々の意見では、オーウェンは、すっかり、よい方向に変わったとのことであった。なるほど、オーウェンは、今や、根気強くせっせと仕事に励んだ。古いりっぱな銀時計の歯車を愚直なまでにまじめくさって調べる姿は、見るも信じがたい光景であった。銀時計の持ち主にしてみれば、それは嬉しいことであった。銀時計を、時計用小ポケットに入れて、すり減るまで使い、人生の一部と考えるまでとなり、人にいじられると嫉妬するほどの人であったからだ。こうして評判がよくなり、オーウェン・ウォーランドは、しかるべき当局から、教会の塔の時計を調整するように招かれた。そして、公に役立つ仕事を見事に成し遂げたので、商人は、取引き場で、かすれた声ながらオーウェンの手柄を認め、看護人は、病室で、一回分の薬を与えるとき、オーウェンは立派だと囁《ささや》き、愛するものは、逢引の約束の時間となると、オーウェンを誉《ほ》め称えた。誰とはいわず、町の人たち皆が、食事の時間が守られるようになったと、オーウェンに感謝した。一言で言えば、オーウェンの気分にいわば錘《おもり》が重くのしかかりはしたが、その分、オーウェンの身体だけでなく、教会の鉄の響きが聞こえる場所はどこでも、すべてに秩序が保たれたのである。ごく些細なことだが、現在置かれているオーウェンの状態をいかにもよく表わす状況の変化があった。オーウェンは、銀のスプーンに名前やイニシャルを彫る仕事を頼まれると、今や、求められた文字をできるだけ簡素な書体で書くようになっていた。これまでオーウェンのこの種の仕事といえば、種々の空想豊かな唐草模様《からくさもよう》を施すことであったが、そうしたものはもう省《はぶ》いていた。

ある日、こうした喜ばしい変化を迎えていたときのこと、ピーター・ホーヴェンデン老が以前の弟子を訪れた。

「ところで、オーウェン」老人は言った。「方々からおまえさんのよい噂を耳にして、嬉しいよ。向こうの町の時計の言葉は、特に嬉しい。一時間ごとに、二十四時間、お前を誉《ほ》めそやしているではないか。美についての意味のない、たわけた考えなど、すっかり捨ててしまうことだ。わしにしろ、ほかの誰にしろ、いや、おまえ自身だって、決して理解できないではないか。そんな考えから抜け出すのだ。そうしさえすれば、お前の人生での成功は間違いない。お天道様が保障する。いいかね。おまえが今のように仕事をやり続ければ、わしのこの大事な時計を、思い切って、おまえさんに修繕してもらってもよい。もっとも、わしには、娘のアニー以外、この世でこうまで価値あるものはほかにないがね」

「いいえ、どうも触る勇気さえありません」オーウェンは、沈んだ声で答えた。

オーウェンは、以前の師匠を目の前にして、気が重くなっていた。

「やがて」と師匠は言った。「やがて、おまえにも、できるようになるさ」

老時計屋は、以前揮《ふる》っていた権威からすれば当然と言わんばかりに遠慮なく、そのときオーウェンが手にしていた仕事、併せて、ほかの進行中の物と、詳しく調べ続けた。その間、芸術家は、ほとんど、顔を上げられなかった。師匠の冷え冷えとし、想像力を欠いた小賢《こざか》しさほど、オーウェンの本質と極をなすものはなかった。この態度に触れると、物質界のもっとも濃密な物以外、すべてが夢と化してしまう。オーウェンは、魂の中でうめき、この男から解放されたいと、切に祈った。

「ところで、これは何かね」ピーター・ホーヴェンデンは、突然、大声を上げ、埃《ほこり》のついた釣鐘状のガラス器を持ち上げた。中から、何か機械らしいものが現われた。蝶の解剖体のように細かく繊細なものであった。「ここにあるのは何かね。オーウェン、オーウェン、この小さな鎖、歯車、へらには、魔力がある。見ていろ。指で悪魔をつまみ出し、将来、何も災いが起こらないようにしてやる」

「お願いですから」オーウェン・ウォーランドは、甲高い声を上げ、びっくりするほど勢いよく立ち上がった。「僕の気をふれさせたくなければ、それに触らないでください。わずかでも指に力を入れれば、僕は、永遠に身の破滅です」

「ああ、そうかね。若いの。そうなのかね」オーウェンは、老時計屋に刺すように見詰められると、世間の批判に辛く晒《さら》されているようで、心がしめつけられた。「では、おまえの好きなようにするがよい。でも、もう一度忠告しておく。この小さな機械には、貴様の悪霊が棲《す》んでいる。追い出しやろうかね」

「僕の悪霊は、あなたです」オーウェンは、ひどく興奮して答えた。「それと、粗野で頑《かたく》なな世間です。あなたのせいで、鉛のように重い思いを背負わされ、気分は落ち込み、僕は、身動きが取れないのです。でなければ、なすべくこの世に生を受けた仕事をとっくの昔にやり終えているはず」

　ピーター・ホーヴェンデンは、軽蔑と怒りを交じえて、頭を振った。愚かにも、人生という大道で、埃《ほこり》のついていない宝物を求めようとする輩《やから》には、こうした感情を抱くのもやむなしと、人間は考えるのであり、ホーヴェンデンは、ある部分、いかにもそう考える人間の代表格であった。それから、ホーヴェンデンは、指を一本掲げると、暇《いとま》を告げ、顔に、にやりと軽蔑の笑みを浮かべた。その笑みは、その後、いく晩も、芸術家の夢に取り付いた。元の師匠が訪れたとき、おそらく、オーウェンは、断念していた仕事に、ふたたび取り掛かろうとしていた。だが、せっかく、徐々に抜け出てきたのに、この縁起の悪い出来事に遭い、元の状態にすっかり戻ってしまった。

　しかし、オーウェンは、見た目には働きの鈍い魂をしているようであっても、生まれ持った性根が性根だけに、その間も、芸術家として新たな力を蓄えているにすぎなかった。夏も盛りとなると、オーウェンは、まったくといってよいほど、仕事をしなくなった。時の翁《おきな》とは、オーウェンが調整する掛け時計や懐中時計のこと。なのに、その翁が人の生きる道をでたらめに迷い、いく時間も時の流れをまごつかせ、どこまでも混乱を引き起こし続けても、オーウェンは放っておいた。オーウェンは、森や野をあちこちさ迷い、小川の岸辺をほっつき歩き、人が言うように、お天道様の光を無駄使いした。蝶を追い、あるいは、水に棲《す》む昆虫の動きを観察しては、幼子のように楽しんだ。こうした玩具《おもちゃ》のような生物がそよ風に戯れる姿を見詰めるときの、あるいは、昆虫の王者ともいうべきものを捕らえ構造を念入りに調べるときの、一心不乱ぶりには、確かに、何か謎めいたところがあった。蝶を追う姿こそ、これまで実に多くの貴重な時を割いてきた理想追求の姿をいかにも示すものであった。しかし、はたして、理想美は、理想美を象徴する蝶のように、オーウェンの手に屈することがあろうか。追求の日々は、紛れもなく、楽しく、芸術家の魂には心地よいものであった。日々、きらめく着想にあふれて、着想は、蝶が外気に輝くように、知性の世界いっぱいに光り輝き、芸術家が、苦労し、戸惑い、何度も失望を重ねて、わざわざ肉眼に見える形にしなくても、その瞬間は、芸術家の目に真実として映った。ああ、悲しいかな、芸術家は、詩であれ、ほかのいかなる素材であれ、美を心の中で楽しむだけでは満足できず、飛び行く美の謎を、霊妙な領域を越えて追いかけ、もろい存在なのに、物質にして握りしめ、砕かなければならない。オーウェン・ウォーランドは、着想を外側から具体化したいとの衝動に、詩人や画家に負けないほど抑えがたく駆られた。だが、詩人や画家にしても、心に描く像をそのまま豊かに写し取れるわけではなく、世界を装うといっても、もっとほのかで、かすかな美でもってするしかないのであろう。

夜こそ、ありとあらゆる知性を傾け、ゆっくりと、ふたたび、ひとつの理想美を作り上げる時間であった。夕闇が迫るといつも、オーウェンは、密かに町に舞い戻り、店に鍵をかけて閉じこもり、長い時間、繊細な手で、根気強く仕事を続けた。時に、夜回りの扉をこつこつ叩く音に、はっとすることもあった。世の中すべてが当然寝静まっているときに、オーウェン・ウォーランドの鎧戸《よろいど》の隙間からランプの光がこぼれているのを、夜回りが見咎《みとが》めてのことであった。病的なまでに研ぎ澄まされたオーウェンの感受性には、昼間の光には、何やら、美の追求を押しとどめ遮《さえぎ》るものがあるように感じられた。したがって、曇った荒れ模様の日々ともなると、オーウェンは、いわば、敏感な頭脳を霧のように漠然とした思いで包み込むようにして、頭を両手に抱えて座っていた。そうすると、鋭く尖った神経から逃れられほっとした。夜は夜で追求に勤《いそ》しむ間、何かを考え出すため、どうしても、神経を冴えた状態にしておく必要があったのである。

アニー・ホーヴェンデンが店に来たことで、オーウェンは、こうした一時の休眠状態から目覚めた。アニーは、客のように勝手気ままに、そして、幼友達のようにいくらか親しげに、店に入った。銀の指貫《ゆびぬき》に穴を開けてしまったのだ。アニーは、オーウェンに修理をお願いしたかった。

「こんな仕事ですけれど、やってもらえる」アニーは、笑いながら言った。

「機械に魂を込めるとの考えにすっかり夢中なのでしょう」

「アニー、その考え、どこで知ったの」オーウェンは、ぎくりとして言った。

「自分でそう思っただけですよ」アニーは答えた。「それと、ずっと以前に、言っていたわ。あなたが、まだほんの少年、私が、小さな子供であった頃。で、さあ、私のこのみすぼらしい指貫、直してもらえるかしら」

「アニー、君のためならば、僕は、何でもするよ」オーウェン・ウォーランドは言った――「何でも、ロバート・ダンフォースの炉で仕事をしろと言われても」

「そうなったら、見ものね」アニーは、言い返すと、悟られないほどごくわずかにちらりと、芸術家の小柄で華奢《きゃしゃ》な身体を見た。「さあ、指貫よ」

「それにしても、君は妙なことを思ったものだね」オーウェンは言った。「物に魂を込めるなどと」

するとそのとき、オーウェンの心に、ある思いが密かに浮かんだ。世間広しといえども、この若い女性ほど、僕を理解する才に恵まれている人はいないのではないか。唯一愛する女《ひと》の共感を得られれば、こうして寂しく苦労する身には、どんなにか助けとなり、力となることか。人類に先んずるにせよ、人類から距離を置くにせよ——およそ人は、通常の人生の営みを離れて、何かを追求すると——しばしば、心の冷えを感じ、まるで、極近くの凍てつく寂しい地に至ったかのように、魂が、寒々と震えるものである。預言者、詩人、改革者、犯罪人、そして、人間への憧れを抱きつつも、数奇な運命に弄《もてあそ》ばれて、大衆から孤立する人が、おそらく感ずる思い。この思いを、哀れにも、オーウェンは抱いていた。

「アニー」オーウェンは、この思いに、死人のように顔を青ざめながら、叫んだ。「君にならば、追及の謎を喜んで話してあげるよ。君ならば、正しく評価してくれそうだもの。君ならば、きっと、敬意をもって、聞いてくれると思う。これは、情け知らずの物の世界には期待してはいけないこと」

「この私がそうしないとでも。確かに、そうしますとも」アニー・ホーヴェンデンは、答えると、快活に笑った。「さあ、すぐに説明して欲しいわ。このちっぽけな回転ゴマには、どのような意味があるの。とても精巧にできているから、ことによったら、クイーン・マッブ(6)の玩具《おもちゃ》にしてもよいかもしれません。いいかしら。私が動かしてみます」

「やめてくれ」オーウェンは声を張り上げた。「やめるのだ」

アニーは、針の先で、ほんのわずか触っただけであった。だが、そこは、これまで筆者が、一度ならず言及してきた、まさに、複雑な機械仕掛けの精密な部分。とたん、芸術家は、アニーの手首を強く掴《つか》み、アニーは、悲鳴を上げた。激しい怒りと苦悶とで、オーウェンの顔が引きつり悶《もだ》え、アニーは、恐ろしくなった。次の瞬間、オーウェンは、うなだれ、頭を両手に埋めた。

「アニー、帰ってくれ」オーウェンは、つぶやくように言った。「勘違いしていた。だから、苦しまねばならない。僕は、共感が欲しかったのだ――僕は、思い――空想し――夢みていた。君には、分かってもらえると。でも、僕の秘密に入れる特別の力など、アニー、君にはない。何ヶ月にわたる苦労も、生涯暖めてきた考えも、君に触れられ、台無しになってしまった。アニー、君のせいではないよ。でも、君は、僕をめちゃめちゃにしたのさ」

何とも哀れなオーウェン・ウォーランド。オーウェンは、致し方ないこととはいえ、確かに、思い違いをしていた。オーウェンの目に光るあまりに神々しい動きを敬《うやま》う。およそ人の心に、こんな気持ちが不足なく湧くとすれば、それは、きっと、女性の心においてに違いない。愛を深く知り目覚めれば、アニーであっても、ひょっとしたら、オーウェンを失望させずにすんだかもしれない。

オーウェンは、確かに、世間との関係で言えば、役立たずに、そして、本人について言えば、不吉な運命に縛られ、身動きがとれずにいる。こんなご立派な前途明るい意見を、これまでなおも抱き続けてきた者たちが、納得するような過ごし方で、オーウェンは、続く冬を過ごした。親戚の者が一人亡くなり、オーウェンは、わずかながらも遺産を手にした。これにより、もう、あくせく働く必要がなくなった。また、大きな目標――少なくとも本人には大きな目標であった――から絶えず受けてきた影響も、既になく、オーウェンは、酒に溺《おぼ》れた。思うに、これまで溺れずにすんだのは、華奢《きゃしゃ》な身体が歯止めとなっていたからかもしれない。しかし、天才の天上の部分が霞《かす》むと、地上の部分がますます抑えがたく力を発揮し出すもの。人の性格は、神の手で、見事に均衡が保たれており、一旦崩れると、粗雑の身には、何か別の方法で、調整が図られるからである。オーウェン・ウォーランドは、酒に浮かれることで味わえる至福と思しきものは何でも試してみた。ワインという金色の液体を通して、世界を眺め、グラスの縁で、幻影が、いかにも楽しげに泡立つのをじっと見詰めた。幻影により、あたりには、陽気に狂うさまざまな形が浮かぶ。だが、浮かんだ形も、いかにもすぐに、幽霊のようにわびしく消えていく。この悲しく、抑えようもない変化に見舞われたときも、ことによると、若者は、なおも、魅惑の杯を呷《あお》り続けたかもしれない。たとえ、酒から立ち上る気体で、人生がほの暗くなり、闇に出没する幽霊にあざけられるだけにすぎなくても。芸術家は、何か気の滅入るものを感じた。それは、心の底から感じられる紛れもない感情であり、深酒して空想に浮かぶ惨めな姿や恐ろしい形より、耐え難いものであった。酒でのことであれば、どんなに辛いときでも、すべては幻想にすぎないと思い返せた。だが、気分が滅入るときには、重くのしかかる苦悩が、そのまま現実の生であった。

　オーウェンがこうした危機的状態から脱せたのは、あるちょっとした出来事がきっかけであった。この事件を目撃したのは、一人にとどまらなかった。だが、それが、オーウェン・ウォーランドの心にどのような影響を与えたかとなると、いかに鋭敏な人でも、説明ないし推測することができなかった。事は、いたって簡単であった。春の暖かいある午後のこと、オーウェンが、ワイングラスを目の前に、浮かれ騒ぐ仲間に囲まれて座っていると、実にすばらしい蝶が一匹、開いた窓から飛び込み、オーウェンの頭のあたりをひらひらと舞った。「ああ」オーウェンは、感嘆の声を上げた。既にとどまることなく酒を飲んでいた。「太陽の子、夏のそよ風の遊び友達よ、君は、暗い冬の眠りを終え、ふたたび蘇《よみがえ》ったのだね。それでは、僕もそろそろ仕事をするときだ」

オーウェンは、酒をそのままにして、杯をテーブルに置くと、その場を立ち去った。オーウェンが、その後わずかでも、ふたたびワインを口にすることはなかったという。

オーウェンは、今また、森や野原を歩き回るようになった。酒に乱れる仲間と腰を下ろしていたときに、まさしく妖精のように窓に進入したきらめく一匹の蝶。あれは、思うに、理想追求の純粋な生活を思い出させようとしてオーウェンに遣わされた妖精であったかもしれない。理想を追求しているときは、オーウェンは、人と交わっていても、いかにも霊のようであった。また思うに、オーウェンは、この妖精を求めて、日が差す棲家《すみか》に出かけたのかもしれない。蝶が止まる所であればどこへでもそっと偲び寄り、われを忘れて蝶をじっと眺める。こんなオーウェンの姿が、夏が過ぎ去ってもなお、目撃されたからである。蝶が飛び立つとき、芸術家は、まるで、空気の軌跡に、天への道が示されているかのように、目で羽の幻影を追った。それにしても、オーウェンの時ならない苦労は、いったい何のためなのか。夜回りは、鎧戸《よろいど》の隙間《すきま》からランプの光がこぼれるのを見て、オーウェンがふたたび何かを始めたと気づいた。町の人々は、これら普通とはいえない事柄を、一つの説明で大きく括《くく》った。オーウェン・ウォーランドは気がふれたのだ。いつのときもいかなる場所でも、これは、どれほど有効に働くことか——偏狭で鈍い感受性を傷つけられると、人は、このことに、どれほど納得もし、慰められることか。世間のごく常識の範囲をはみ出て存在するものは何であれ、こうして、安易に、狂気と説明づければよいのだ。聖パウロの時代からこの哀れなちょっとした美の芸術家の時に至るまで、賢明すぎるほど賢明に、立派すぎるほど立派に、語られた言葉の、あるいは、振舞われた行動の謎は、すべて、この護符を用いて、解き明かされてきた。オーウェン・ウォーランドの場合、町の人々の判断は、正しかったかもしれない。オーウェンは、おそらく気がふれた。人と心を一つにすることができない――人を手本にして自己抑制することなどできないほど隣人とは著しく異なる生き方をする。これだけからでも、オーウェンは、気がふれても、致し方がなかった。あるいは、ひょっとしたら、オーウェンは、天上の輝きをいっぱいに身に帯びたため、通常の光と混じり合うと、地上の意味で、当惑を覚えることになったのかもしれない。

ある晩、芸術家は、いつもの散策から戻り、精巧な作品にランプの光を当てた。しばしば中断してはきたが、まるで、その機械は自分の運命を表わしているといわんばかりに、なおもふたたび、作品に取り掛かった。まさにそのとき、老ピーター・ホーヴェンデンが入って来て、オーウェンは驚いた。オーウェンは、この男に会うと、必ず、心臓の縮む思いがした。世界中で、ホーヴェンデンほど恐ろしい人はいなかった。持ち前の鋭い悟性によって、捉えられるものは、はっきり捉え、捉えられないものは、断固として信じないからである。今回、老時計屋は、単に、優しい言葉を、一言、二言、かけるだけであった。

「おい、オーウェン」ホーヴェンデンは言った。「明日の夜、ぜひわしの家に来て欲しい」

芸術家は、何か言い訳めいたことを口にし始めた。

「そうかね、でもどうしても来てもらいたい」ピーター・ホーヴェンデンは言った。「お前も家族の一員であった日があるではないか。何ね、知らないのかね。娘のアニーがロバート・ダンフォースと婚約したのだ。婚約を祝して、ささやかながら祝宴を張ろうと思う」

「ああ」オーウェンは言った。

オーウェンの口をついて出た言葉は、わずかに、その一言だけであった。口調は、ピーター・ホーヴェンデンのような耳には、素っ気なく無関心そうに響いた。しかし、そこには、ぐっと押し殺してはいるものの、哀れな芸術家の魂の叫びがあった。人が悪霊を抑えるように、芸術家は、叫び声を体の中に押しとどめていたのだ。しかしながら、オーウェンは、老時計屋には気づかれないまま、ほんの少しだけ、感情を爆発させた。仕事に取り掛かろうとしていた道具を持ち上げると、新たに何ヶ月も考え骨を折ってきたというのに、小さな機械仕掛に振り下ろした。仕掛けは、一撃のもとに、粉々になった。

オーウェン・ウォーランドの物語は、場合によっては、理想美創造に努める者の辛い人生を描いたつまらぬ話に終わっていたかもしれない。そうならずにすんだとすれば、さまざまな横槍《よこやり》が入るなか、愛が割り込み、芸術家の手から技が奪われたからである。外目には、オーウェンの愛は、決して、激しくも大胆でもなかった。オーウェンは、情熱を抱く間、愛の激しさも、高まっては収まる愛の変化も、想像の内だけにとどめていた。だから、アニー本人ですら、ほとんど女の直観でしか、オーウェンの愛に気づかなかった。しかし、オーウェンにしてみれば、生きることとすべてが、愛であった。アニーは何一つ深みのある反応を示せないと、分かったときのことも忘れて、オーウェンは、あくまでも、芸術上の成功のすべての夢をアニーの姿と重ね合わせた。アニーこそ、魂の力の目に見える化身。オーウェンが崇《あが》め、祭壇にして祭り、それなりにふさわしい捧げ物をしたいと望む魂の力が、形となって現われたもの。もちろん、オーウェンは、考え違いをしていた。オーウェンが想像し、与えるような資質は、アニー・ホーヴェンデンには何一つなかった。オーウェンの心に映るアニーの姿は、オーウェンが作り上げたもの。実現された場合の機械仕掛けの謎めく作品と変わりがなかった。もし、オーウェンが、首尾よく愛を勝ち得、それにより、自分の間違いに気づくならば、すなわち、アニーを胸に抱いたのはよいが、アニーが、胸の中で、天使からふつうの女性へと色褪《あ》せるのを目撃すれば、オーウェンは、落胆し、唯一残る目的に、ふたたび活力を向け直し集中させたかもしれない。一方、アニーが空想した通りの女性だと分かれば、オーウェンの運命は、美に豊かに染まり、あふれ出る美からだけでも、これまで苦労し求めてきた以上に価値ある形に、理想美を多く作り上げたかもしれない。しかし、訪れ来る悲しみの姿。生涯の天使が、略奪されただけではなく、土と鉄の粗野な男の手に渡ってしまったとの思い。しかも、相手は、天使の奉仕を受ける必要もなければ、受けてもありがたさなど分からない男。これは、運命の皮肉といえば、あまりの皮肉。人生が、もう一度希望を抱いたり、もう一度恐怖心を覚えたりする場にはなりえないほど、馬鹿馬鹿しく矛盾しているように見えてくる。オーウェン・ウォーランドは、茫然自失となった人間のように、腰を下ろしたままでいるしかなかった。

オーウェンは、一時、病気にかかった。病から回復すると、小柄で華奢《きゃしゃ》な身体は、これまでないほどふっくらと肉がついた。ほっそりしていた頬は、丸みを帯び、小さくて繊細で、妖精の仕事をこなせるほど精神性を帯びた作りの手は、成長著しい嬰児《みどりご》の手よりもふくよかになった。容貌には、子供じみたところが出ていた。見知らぬ人であれば、頭を撫《な》でてみたい気に誘われるものの、途中で止めて、いったいここにいるのはどんな子かと、不思議な気持ちに駆られたかもしれない。まるで、オーウェンの体から魂が抜け出てしまい、肉体だけが、一種茂る植物であるかのようであった。だからといって、オーウェン・ウォーランドが白痴になったということではなかった。話すことはできたし、筋の通らない話し方でもなかった。多少のお喋り屋、実際、人々はこのように考え始めていた。オーウェンは、本で読んで知ったことでも、とてもすばらしいと考えるようになると、機械仕掛けの不思議について、とかくに、うんざりするほど長々と語ったからである。話の中には、アルベルトゥス・マグヌス(7)が製作した真鍮人間、フライアー・ベーコン(8)の真鍮の頭、さらには時代が下って、フランスの王子(9)のために製作されたと世間で言われている、小さな馬車の自動機械などがあった。さらに、細かな鋼《はがね》のバネ仕掛けにすぎないのに、生きているハエのように耳元でブーンと羽音を立てる昆虫のことも話に加えた。ヨチヨチ歩き、ガーガーと鳴き、えさを食べるアヒルの話もあった。もっとも、市民が、馬鹿正直にも、夕食に食べようと買えば、単なるアヒルの機械の化け物を掴《つか》まされたと、気づいたはずだ。

「しかし、こうした話は一切」オーウェン・ウォーランドは言った。「きっと、単なるペテンだと、今は思っている」

それから、かつては違う考えをしていたと、オーウェンは、謎めく言い方で、告白することもあった。怠け、夢見がちな日々のこと、オーウェンは、こんなことも、ある意味、可能だと考えていた。物質に精神を込めることで、命を帯びて動く新種の機械を作る。そして、造化の神が、生きとし生きるものすべてに与えると、ひとり提案しておきながらも、まだ実現の労をとっていない理想的な姿。それに達するほどの美を、その機械に結びつけるのだ。しかしながら、この目的に至る過程も、その下絵も、たいしてはっきりとは描けていないようであった。

「もう、そんな考えは、いっさい脇にのけている」オーウェンは、よく口にした。「夢だったのさ。若者がいつも自分を煙に巻くような夢。わずかでも常識を身につけてみると、考えるだけでも笑ってしまう」

哀れな、哀れな、地に堕ちたオーウェン・ウォーランドよ。人のまわりには目に見えずよりよい領域が広がっているのに、オーウェンは、その地の住人であることを止めてしまった。これまで起きた事柄は、こうしたオーウェンの変化を示す兆候であった。オーウェンは、既に、目に見えないものは信じなくなっていた。そして今、不幸にも人々が自慢するように、分別というものを誇らしく思うようになった。目に見えるものさえ多く拒絶し、手で触れられるもののみを心底信頼する分別。人は、精神の部分が消滅すると、より粗雑な悟性でもって、悟性でしか認識できない事柄に、ますます係わろうとする。分別を誇るとは、そうした人間の災難である。しかし、オーウェン・ウォーランドの場合は、精神は死んだわけでも、あの世に旅立ったわけでもなかった。眠っているにすぎなかった。

オーウェンの精神がふたたびどのように目覚めたのか、記録にはない。おそらく、オーウェンは、引きつるような痛みを覚え、惰眠から醒めたのかもしれない。おそらく、前の場合のように、蝶が飛んで来て、頭のまわりを舞い、吹き込んだ――実際、この太陽の子は、いつも芸術家のために神秘的な使命を帯びていた――ふたたびオーウェンの心に、以前の生の目的を吹き込んだのかもしれないのだ。血脈を震わせるのは、苦しみ、それとも喜びであったか。いずれにせよ、オーウェンがまず覚えた衝動は、天に感謝することであった。思索し、想像し、この上なく鋭い感性を持つ人間にふたたび戻れたのだ。オーウェンは、久しい間、そうした人間でいることを止めていた。

「さあ、仕事のときだ」オーウェンは言った。「今ほど仕事への力を感じたことはない」

だが、オーウェンは、体は丈夫であっても、仕事の最中に突如死に見舞われるのではないかと恐れて、ますます精を出して働いた。こうした不安は、それぞれの見方なりに、あまりに高邁《こうまい》に映る事柄に、心を砕く人すべてに共通するもの。せめてやり遂げるまでは生き長らえたいと、命を、ただ、欠かせない条件としてのみ、慈《いつく》しむようになる。生きたいから命を愛でるという限りでは、人は、命を失う心配などめったにしない。何か目的を達成したいから命が欲しいと願うとき、人は、いわば、命の織地の弱さに気づく。しかしながら、こうして生命のおぼつかなさを感じつつも、死の矢に見舞われても不死身との、命を信じる気持もある。しかるべき務めとして、神から授かっているような仕事や、万が一不首尾に終われば、世界が当然悲しむ仕事に勤《いそ》しむ限り、人は死ぬことはないのだ。人類を改革しようとの思いを胸いっぱいに抱き、啓示に富む言葉を口にしようと息を整えた瞬間、この感覚界から出て行けと指示される。まさか自分がこんな目に遭うとは、哲学者は思うであろうか。万が一、哲学者がこうして命を落とせば、おそらく、時が、いく時代も、倦《う》むように流れる——世界すべての命の砂が、一粒、そしてまた一粒と、落ちて行く。そして、別の知恵者が現われ、そのとき哲学者が口にしたかもしれない真理を展開する準備がようやく整う。だが、歴史には、こんな事例もたくさんある。この上もなく貴重な魂が、いつの時代にも、人間の形となって登場してきたのに、時ならずこの世を立ち去ってしまう。人間の判断で見極められた限りのこととして言えば、託された仕事を地上で果たす間などないままにである。預言者は死ぬ。だが、眠った心、鈍感な頭脳の持ち主は、生き長らえる。詩人は、歌を半ばまでしか歌わない。というか、詩の完成は、人間の耳には届かない領域で、天上の唱歌隊に任せる。画家は——オールストン(10)のように——着想を半ばしか画布に残さず、不完全な美で、見る人を悲しませる。だが罰当たりな言い方ではなければ、さらに、天の色彩を使って、絵全体を描き出す。しかし、むしろ、そうしたこの人生での不完全な意匠は、この世のどこにおいても、完全な形になることはないのであろう。人が、ふたつとないほど貴い計画を抱いても、こうまでたびたび不首尾に終わるのは、一つの証としてこう受け止められなければならない。すなわち、地上の行為は、祈り、ないし、天性によって、どんなに霊妙になろうとも、魂を働かせ魂を示すものとしてしか、価値あるものにはなりえない。ごくありふれた考えといえども、天上ではすべて、ミルトンの歌よりも、気高く音楽性を帯びているもの。であれば、ミルトンは、この地上に不完全なまま残しておいた詩に、さらに詩行を加えようとするであろうか。

それはそれとして、話をオーウェン・ウォーランドに戻そう。自分自身の人生の目的を果たすことは、よきにつけ悪しきにつけ、オーウェンの運命であった。長い間、熱心に考え、懸命に憧れ続け、こつこつと細かな仕事に励み、不安に身をやつし、そして、ついに一人勝利の瞬間を迎える。こうした事柄については、話を省略し、すべて読者にご想像いただくことにする。次にご覧いただくのは、芸術家が、冬の夕方、ロバート・ダンフォースの炉辺の輪に加わる許しを求めている場面である。輪の中には、鉄の男がいた。どっしりとした身体は、家庭生活の影響を受けて、すっかり温かみを帯び、凄《すご》みをまったく失くしていた。アニーもいた。今やいかにも女房らしい姿になり、亭主の気質を大いに引き継ぎ、飾り気がなくしっかりとしていた。だが、オーウェンがなおも信じるように、アニーには、夫にはない、気品ある美しさが漂い、ことによると、力と美の間を取り持つことができるかもしれない。あのピーター・ホーヴェンデン老もまた、同じように、たまたま、今晩、お客として、娘の暖炉を囲んでいた。芸術家が、老人にちらりと視線を向けると、まず目に映ったのは、見覚えのある、鋭く冷たく批判がましい表情であった。

「やあ、オーウェン」ロバート・ダンフォースは、大声で言うと、立ち上がり、鉄棒を握り馴れた手に、芸術家の繊細な指を強く握った。「親切なこと。これこそ、ご近所というもの。ついにお越しいただけた。永久運動の虜《とりこ》になって、昔のことなど、すっかり忘れたかと、心配していた」

「お会いできて嬉しいわ」アニーは言った。いかにも女房らしくなった頬を赤らめながら言った。「お友達なのに、こんなに長くお見限りとは」

「ところで、オーウェン」老時計屋はまず、最初の挨拶代わりに尋ねた。「理想美とやらはどうなったのかね。とうとう出来上がったかね」

突如、力の幼子が現われ、芸術家は、はっとし、すぐには答えなかった。幼子は、カーペットの上を転げまわっていた。神秘的にも、無限から生じた小さな人間。それでいながら、体つきは、いかにもがっしりとし、現実味があり、姿形は、大地から得られる限りの濃密な物質でできているようであった。この前途洋々とした幼子は、お客の方に這《は》うと――ロバート・ダンフォースに言われるままに――身体をまっすぐにして座り、オーウェンをじっと見詰めた。観察する眼差しが、いかにも利口そうで、母親は、夫と誇らしげに視線を交わさずにはいられなかった。しかし、その子の顔つきに、芸術家の心は乱れた。ピーター・ホーヴェンデンのいつもの表情にどこか似ている気がしたのである。

オーウェンは、こんな空想もできないことはなかった。この赤ん坊の姿は、老時計屋が圧縮されたもの。時計屋が、赤ん坊の目でこちらを見ている。そして――今繰り返すように――悪意ある質問を繰り返している。

「オーウェン、理想美のことだ。理想美はどうなったのかね。うまく作り出せたかね」

「成功しました」芸術家は答え、一瞬だけ、目に勝利の光を浮かべ、太陽のように明るく微笑むと、悲しげといってもよいほど深くもの思いに沈んだ。「そうなのです。皆さん。本当です。成功したのです」

「本当」アニーは叫んだ。生娘かのような喜びの表情が、顔にふたたび浮かんだ。「では、もう、どんな秘密か訊《き》いても構わないわね」

「結構ですとも。ここに来たのも、秘密を明かすためです」オーウェン・ウォーランドは答えた。「秘密をお教えします。目でご覧いただき、手で触ってもらい。そして差し上げます。アニー――今も幼馴染《おさななじ》みの名前で呼んでも構わないよね——アニー、魂を宿す機械、動く有機体、美の神秘、この作品を、僕が作ったのは、君の結婚のお祝いにと思ったからだよ。確かに、出来るのが遅すぎました。でも、生きていく中で、物の色は、鮮やかであっても、褪《さ》めていきます。魂は、繊細には物事を見極められなくなります。そのときです。美を愛する心がもっとも求められるのです。もし——アニー、こんな言い方をしてごめんね——もし、君が、この贈り物の価値を評価できれば、遅すぎることは、決してないのです」

オーウェンは、話しながら、宝石箱に似た物を取り出した。箱は、オーウェンが、黒檀を美しく彫って、自分でこしらえたもの。蝶を追う少年の姿が、空想豊かな真珠の網目細工になって、はめ込まれていた。蝶は、箱に描かれたものでなければ、翼をつけた天使となり、天上へと飛んで行くはず。同時に描かれている少年、あるいは、青年にしても、理想美を手に入れたいとの強烈な願いも夢ではないとばかりに、地上から雲間へ、雲間から天の空へと舞い上がらんばかりの勢い。この黒檀の箱を、芸術家は開けると、アニーに、箱の端に指を置くように命じた。アニーは言われるままにした。だが、アニーは、悲鳴ともつかない叫び声を上げた。蝶が一匹、ひらひらと舞い出て、アニーの指先に止まったのだ。蝶は、指先に落ち着くと、紫の地色に金色の斑《ふ》のついた、華麗にして堂々とした羽を上下に揺らし、まさに飛び立とうとした。まばゆくも壮麗、繊細のなかにも豪華、この物体にそっと込められた美しさには、言葉では言い尽くせないものがある。自然が理想とする蝶、それが完全な姿となってここに実現したのである。それは、地上の花々の間を飛び交う色褪《あ》せた昆虫の姿ではない。子供の天使や死んだ幼子の魂がいっしょになって戯《たわむ》れる、天の牧場を舞う昆虫の姿なのである。羽には、産毛《うぶげ》が豊かに生え揃うのが見え、輝く目には、魂が宿るようであった。暖炉の火が、この奇跡の蝶のまわりでちらちら光り――蝋燭《ろうそく》の明かりが、蝶に差して、きらりと輝いた――しかし、きらめきは、明らかに、蝶が発しているもの。蝶は、止まっている指先をも、伸ばした手をも、宝石の光のように、白い輝きで照らし出した。完璧な美に、大きさのことなど、まったくどうでもよくなっていた。羽が天まで届くからといって、心が、その分よけいに満たされ、満足感を覚えることではあるまい。

「まあ、きれいですこと。きれいですこと」アニーは、感嘆の声を上げた。

「生きているの。これ、生きているの」

「生きているかって。確かに生きているとも」夫は答えた。「蝶を作れるだけの技を持つ人がいると思うかね――いるにしても、わざわざ苦労して、蝶を一匹作ろうとするかね。夏の午後ともなれば、どんな子供でも、たくさん捕まえられるのだぞ。生きているかって。確かに生きているとも。それにしても、このかわいらしい箱は、間違いなく、われらがオーウェン君の作ったものだ。確かに、この箱は、オーウェン君には栄誉なことだ」

この瞬間、蝶は、改めて、羽を上下に揺らした。本物そっくりの動きに、アニーは、驚き、怖くさえなった。というのは、夫はあのように言ったが、アニーは決めかねていたのだ。これは、実際、生きている蝶なのか、それとも、不思議な機械仕掛けの一片なのか。

「生きているの」アニーは、さらに真剣になって尋ねた。

「ご自分で判断してください」オーウェンは言った。佇《たたず》み、アニーの顔をじっと見据えた。

そのとき、蝶は、さっと空中に飛び立つと、アニーの頭のまわりをひらひら飛びかい、居間の隅に舞い上がった。羽が動くと、あたりが星のようにきらめき、遠くに行っても、蝶の姿は見て取れた。床に座る赤ん坊が、ちっちゃな、小利口そうな目で、蝶の行く方を追った。蝶は、部屋を飛び回ると、螺旋《らせん》を描きながら戻り、ふたたび、アニーの指の先に止まった。

「ねえ、これ生きているの」アニーは、ふたたび、感嘆の声を上げた。華麗にして神秘な蝶は、止まってはみたが、アニーの指がひどく震えるので、羽で釣り合いを取らなければならなかった。「教えてくださいな。生きているの、それとも、あなたが作ったものなの」

「誰が作ったか、どうして訊《き》くの。美しくあれば、それでよいではありませんか」オーエン・ウォーランドは答えた。「生きているかって。そうさ、生きているよ、アニー。命を持つと、言ってもよい。この蝶は、僕の存在を吸い込んでいるからね。この蝶の秘密には、この蝶の美には――単に外見だけでなく、組織全体から美しいのです――美の芸術家としての知性、想像力、感受性、魂が表現されています。そうです。僕が作りました。でも」――ここで、オーウェンは、いくぶん表情を変えた。「この蝶は、今では、僕にとって、青春の白昼夢の中、はるかかなたに見えた蝶とは違います」

「どのみち、美しい玩具《おもちゃ》にかわりはないさ」鍛冶屋は、子供のようにはしゃぎ、にやりと笑った。「この蝶々さんは、俺のようなでかくて不恰好な指にも、お止まりいただけるかね。アニー、こちらに連れてきておくれ」

芸術家に指示されると、アニーは、指先を夫の指先に触れた。すると、蝶は、一瞬遅れて、一方からもう一方へひらりと乗り移った。ふたたび飛び立とうと、前と同じように羽を上下に揺らしたが、動きは、最初に試みたときそのままというわけではなかった。それから、蝶は、鍛冶屋の頑丈な指から舞い上がると、徐々に大きく曲線を描きながら、天井まで上り、一度すっと部屋を広く回り、波打つ動きを見せて、飛び立った元の地点に戻った。

「おお、すごい。これでは、自然もまったくかないはしない」ロバート・ダンフォースは、大声を出し、知っている限りの言葉を精一杯使って、心から誉《ほ》めた。実際、もしここで一呼吸置いてしまえば、もっとすばらしい言葉を口にし、もっともの事を的確に見抜ける人でも、簡単には、これ以上、言葉を継げなかったはず。「正直なところ、俺には、できないことだ。だがな、それが何だと言うのかね。オーウェン、君が、まる五年、この蝶に無駄に費やしてきた労力より、わしが大ハンマーをまっすぐ一振りする方が、もっと実用に叶っている」

このとき、赤ん坊は、手を叩き、訳の分からない言い方でべちゃくちゃと喋った。明らかに、蝶を玩具《おもちゃ》に欲しいとせがんでいた。

その間、オーウェン・ウォーランドは、横目でアニーをちらりと見、美と実用とを比較する夫の価値判断にアニーが同意しているか、探ろうとした。精一杯親切にしてくれる中にも、技術を駆使し、着想を具体化した驚異の作品をじっと眺めては、精一杯、驚き、賞賛してくれる中にも、アニーには、秘かに、オーウェンを蔑《さげす》むところがあった。それは、おそらく、アニー本人も気づいていないほど密やかなもの。芸術家のように直観鋭く見分けられる者だけが感じ取れることであった。しかし、美の追及も後半に入ると、もう、オーウェンは、おそらく蔑《さげす》みに気づいていても苦しむという段階からは脱却していた。オーウェンは分かっていたのだ。世間にしろ、その代表であるアニーにしろ、どんなに誉《ほ》めてくれようとも、芸術家が完全に報われるような、ぴったりとする言葉を口にすることも、ぴったりとする感情を抱くことも、決してできはしないと。芸術家は、ただ、高邁《こうまい》な理念をささやかな素材に象徴させて――地上の物をいわば魂の金に変えて――理想美を手仕事に勝ち得るだけのことである。すべて気高い行為は、その報酬を行為そのものの中に求められなければならない。でなければ、報酬は、求めても得られない。オーウェンは、この最後の瞬間に至っても、このことに気づいていなかった。しかし、アニーや、アニーの夫、そしてピーター・ホーヴェンデンでさえ、じゅうぶん理解を示したかもしれない見方もあり、それには、何年にもわたるオーウェンの苦労はそれなりに価値があったと、三人とも、納得するはずであった。オーウェン・ウォーランドは、皆にこう伝えたかったのかもしれない。この蝶、この玩具《おもちゃ》、哀れな時計屋が鍛冶屋の女房へと送るこの結婚祝いの品は、真実、珠玉の芸術品なのだ。どこかの国の皇帝が、叙勲の品や、おびただしい財を使って、買い入れ、すべての宝石の中でも唯一無比の不思議な品として、王国の宝石にしまい込んでもよい芸術作品だと。しかし、オーウェンは、笑みを浮かべはしたものの、秘かな思いは、胸に収めたままであった。

「お父さん」アニーは言った。元の時計屋から誉《ほ》め言葉をもらえば、元の弟子は喜ぶかもしれないと、アニーは思った。「さあ、来て、このかわいらしい蝶を誉《ほ》めてやってくださいね」

「どれどれ」ピーター・ホーヴェンデンは、椅子から立ち上がると、顔ににやりと皮肉めいた笑みを浮かべた。これを見ると、いつも人は、ホーヴェンデンと同じく、物の存在以外、信じられなくなる。「さあ、わしの指に止まっておくれ。一度でも触れると、もっとよく理解できる」

しかし、アニーがさらに驚いたことに、蝶のなおも止まる夫の指先に、父親が、指先を押し付けると、蝶は、羽をしなだれ、床に落ちそうになった。羽と身体に点在する明るい金色の斑《ふ》さえ、アニーの見間違いでなければ、色が霞《かす》んだ。そして、燃え立つ紫は、くすんだ色合いとなり、鍛冶屋の手のあたりできらめいていた星のような輝きは、弱くなり、消えた。

「死んでしまいます。死んでしまいます」アニーは、びっくりして叫んだ。

「この蝶は、精巧にできています」芸術家は、静かに言った。「話したように、精神のエキスを吸い込んでいるのです。磁力とも、何とでも、呼んでください。疑われ嘲笑される雰囲気では、この敏感な感受性は、拷問を受けるに等しいのです。これに命を吹き込んだ魂も同じです。もう美しさを失っています。すぐにも、機械は、取り返しがつかないほど傷つきます」

「お父さん、手を離して」アニーは、顔を青ざめながら、懇願した。「さあ、私の子供です。この子の穢《けが》れない手に止まらせましょう。おそらく、命が蘇《よみがえ》るはずです。蝶の色は、前より明るくなります」

父親は、辛辣《しんらつ》な笑みを浮かべ、指を引っ込めた。すると、蝶は、自力で動くだけの力を回復するかに見えた。蝶は、もともとの輝きを取り戻すと、いかにもこの上なく天上的に星の光のようにきらめき、まわりに、ふたたび、後光を差した。ロバート・ダンフォースの手から子供の小さな指に移った当初は、蝶の放つ光は、かなり強く、小さな子の影が壁にくっきりと映し出された。その間、子供は、両親の見よう見まねに、ふっくらした手を延ばし、幼子らしく喜び、蝶が羽を上下に揺らすのを見ていた。しかしながら、その顔には、小利口そうな、何か妙な表情が浮かび、オーウェンには、ここに、ピーター・ホーヴェンデン老がいるように思えた。いわば、わずかに、ほんのわずかに、非情な懐疑主義を脱し、子供らしい信じる姿に蘇《よみがえ》ったホーヴェンデンの姿。

「小さないたずら小僧め、何と賢そうだこと」ロバート・ダンフォースが、細君に囁《ささや》いた。

「子供がこんな顔つきをするのは、見たことありません」アニーは答えた。芸術性豊かな蝶よりも、ずっとずっとわが子を誉《ほ》めそやす。それも、無理からぬことであった。「神秘のことについては、この子の方が、もっとよくわかる」

蝶は、芸術家と同じように、肌合いに合わないものをこの子供に感じているのか、きらめくかと思うとぼんやりと霞《かす》んだ。ついに、蝶は、空気のような動きをして、造作もなく、上へと持ち上げられるように、幼子の小さな手から飛び立った。麗《うるわ》しい幻影が、あたかも、主人の魂から授かった霊妙な本能に、無意識に駆り立てられ、より高次の領域を目指すかのようであった。行く手を遮《さえぎ》るものが何も無かったならば、蝶は、空まで舞い上がり、不滅と化したかもしれない。だが、蝶の輝きは、部屋の天井にあった。羽のきめこまやかな組織は、地上の介在物にこすれ、星屑のようなものが、一つ二つ、きらめきながら漂い下り、絨毯《じゅうたん》に止まり、ちらちら光った。それから、蝶は、ひらひらと舞い下りると、幼子に戻るのではなく、明らかに、芸術家の手に引きつけられていた。

「そうではないのだ。そうではないのだ」オーウェンはつぶやいた。あたかも、自分の手による作品は、こちらの言うことが理解できるとでもいうかのようであった。「お前は、もう主人の心から出ていったのだ。戻る所はない」

蝶は、おぼつかない動きをしつつも、震えるように光を放ち、いわば、懸命になって、幼子の方に向かい、その子の指に止まろうとした。しかし、蝶が、まだ空中にとどまっているとき、小さな力の子は、顔に、祖父と同じ鋭く厳しい表情を浮かべ、驚異の蝶をひったくり、手の中に、強く握り締めた。アニーは、悲鳴を上げげた。ピーター・ホーヴェンデン老人は、冷ややかに蔑《さげす》むようにどっと笑った。鍛冶屋は、力一杯、子供の手を押し開いた。すると、手のひらには、破片が小さな山となり、きらりと光った。理想美の神秘は、永遠に、飛び去ってしまったのだ。オーウェン・ウォーランドはといえば、生涯をかけて労力を注いできたのに、残骸と思えるものを冷静に眺めていた。だが、残骸では決してなかった。オーウェンは、これとはまったく別の蝶を捕らえていた。芸術家が理想美を達成するほど高まると、理想美を人間の感覚で捉えるものにしている象徴は、目にはほとんど価値のないものとなり、芸術家は、美の実体を、魂の中でじっと抱いているのであった。

訳注

(1) 銅と亜鉛の金まがいの時計　原文は、pinchbeck。「銅と亜鉛を混ぜて金に似せたもの」(an alloy of copper and zinc used to imitate gold in cheap jewelry. *Webster's New Word Dictionary* 以下*W*)

(2) 永久運動　Perpetual Motion 仮想上の装置による仮想運動で、一度動かすと、地力でエネルギーを生み出しながら永久に続ける運動。(the motion of a hypothetical device which, once set in motion, would operate indefinitely by creating its own energy in excess of that dissipated. *W*)。「自動水車」などが考えられた（cf『世界原色百科事典』小学館）。

(3) オランダ製の玩具　オランダ製には粗悪品とのイメージが伴う（Characteristic of or attributed to the Dutch; often with an opprobrious or derisive application, largely due to the rivalry and enmity between the English and Dutch in the 17th c. *OED*）。

(4) 鉄の労働者　具体的には蒸気機関車などが考えられる。一八二六年、ボルティモア、オハイオ間、鉄道の認可がおりる。一八三一年、ニューヨーク州初の鉄道。一八三五年、ボルティモア、ワシントン間、鉄道開通（Augustus J. Veenendaal, *American Railroads in the Nineteenth Century*. London: Greenwood Press, 2003）。ホーソーンがこの作品を発表したのは、一八四四年。

(5) 時の翁　Father Time　時間が擬人化されたもの。手に鎌や水差しなどを持つ（time personified esp. as an old man who is bald, bearded, and holding a scythe and water jar or sometimes an hourglass. *Webster's Third New International Dictionary*）。

(6) クイーン・マップ　夢を司る妖精の女王（*Eng Folklore* a fairy queen who governs people's dreams. *W*）。

(7) アルベルトゥス・マグヌス（Albertus Magnus, 1193?-1280）ドイツ、スコラ哲学者（Bavarian scholastic philosopher. *W*）。トマス・アクイナス（Thomas Aquinas, 1225?-74）とは師弟の関係。

(8) フライアー・ベーコン　ロジャー・ベーコン（Roger Bacon, 1214?-94）のこと。イギリスの科学者、哲学者（Eng. philosopher and scientist. *W*）。本文にあるように「真鍮の頭」を作った。

(9) フランスの王子（Dauphin of France）フランス第一皇太子の称号（the eldest son of the king of France: a title used from 1349 to 1830. *W*）。「ルイ十六世の子供」（高村）。

(10) オールストン（Washington Allstone, 1779-1843）画家。「着想を半ばしか画布に残さず」死んだ。ホーソーンは、オールストンについて述べ、「やりかけている重要な仕事を終えるまで命が保障されているのが」よいのかどうか、日記で、問題を提起している。(the advantage, or otherwise, of having life assured to us , till we could finish important tasks on which we were engaged. *The American Notebooks*, CE 8: 242)。

解説　オーウェン・ウォーランドは何と戦ったか

「美の芸術家」(The Artist of the Beautiful, 1844) は、芸術家の孤独な戦いの物語である。主人公オーウェン・ウォーランド (Owen Warland) は、ひとり何と戦ったのか。ここでは、「実用主義と反実用主義」、「着想と創作」、「芸術家の孤高と愛」三点にしぼって、簡単に述べることにする。

〈実用主義と反実用主義〉

「時計は、すべて、文字盤を通りからそむけ」ている。不思議な一文である。と同時に、衝撃的な一文である。オーウェン・ウォーランドは、時計屋でありながら、時間をまったく顧みない。読者は、物語冒頭から驚く。だが、驚く分、この若者の「反実用主義」(anti-pragmatism) の姿が、心に焼きつく。なるほど、この若者は、「いつも、優雅な美しさを求めてのこと、決して、実用品のまがい物など目指してはいなかった」。

作者ホーソーン (Nathaniel Hawthorne, 1804-64) は、逆の光景を用意する。「炉は、ぱっと燃え立ち、煤《すす》けた高い天井を明るく照らし出すかと思うと、今度は、その光を、石炭が撒かれた床の範囲に狭く封じ込める。（中略）光と影とのあまりに見事な光景。輝く炎と暗い夜とが、さながら、お互い鍛冶屋の美しい力を奪い合うかのように格闘している」。光と闇との競演。実に美しい場面である。鍛冶屋が作り出すものは、「馬蹄」や「鉄の格子」。したがって、鍛冶場での美は、「実用主義」（pragmatism）の美といえる。

「文字盤をそむけた」美か、「闇に飛び散る」鉄の火花の美か。実用を無視する美か、実用と結びつく美か。この戦いは続く。前者の美を信じる人は、オーウェンただひとり。オーウェンに加勢する者は、誰ひとりとしていない。孤独な戦いを強いられるなか、オーウェンは耐え抜くしかない。

疑い深い世間にまったく信用されず、攻撃を受けようとも、自分自身を信じ続けなければならない。芸術家は、才能にしろ、才能を向ける対象にしろ、人類に立ち向かい、自分自身、自らの唯一の弟子とならなければならない。

だが、芸術家は、どこまで、「自分自身を信じ続け」られるのか。ほんとうに、「人類に立ち向か」えるのか。オーウェンは、最後に至っても、アニー（Annie）の様子を気に留める。せめてアニーだけには、分かってもらいたいのだ。オーウェンは、「横目でアニーをちらりと見、美と実用とを比較する夫の価値判断にアニーが同意しているか、探ろうとした」。

作者ホーソーンは、なぜ、こうまで、芸術と実用とにこだわるのか。この点に関しては、当時のニューイングランドの状況と重ね合わせて考えるとよいかもしれない。さらに、作家としてのホーソーンの苦しみを想い起こすとよいかもしれない。ホーソーンは、当時の実益社会で、作家であることを誇れない。いや、秘かに誇りつつも、作家であり続けることに何か釈然としないものを感じる。社会に直接「奉仕」していない。この思いが頭から離れないのだ。後に「税関」の中で、先祖にこう語らせる。

「やつは何かね」先祖の中の灰色の影が、もうひとりの影に囁《ささや》く。「物語を書く人だと。それは人生でどのような仕事なのか。どのようにして神を称え、どのようにしてその時代や世代の人々に奉仕しているのかね」（「税関」）

〈着想と創作〉

芸術の着想と創作との関係も見逃せない。芸術作品を作るとは、どういうことなのか。作品を作りながら、あとから、理念なり理想を見出すのか。それとも、あらかじめ抱いた「想念」を作品に仕上げるのか。「美の芸術家」では、ホーソーンは、後者の考え方を示す。オーウェンは、「理想美」を心に描く。そして、描いた「美」を作品として具体化したいとの衝動に強く駆られる。

問題は、「想念」を「具体化」した結果である。

ああ、悲しいかな、芸術家は、詩であれ、ほかのいかなる素材であれ、美を心の中で楽しむだけでは満足できず、飛び行く美の謎を、霊妙な領域を越えて追いかけ、もろい存在なのに、物質にして握りしめ、砕かなければならない。

「握りしめ、砕かなければならない」。作品化するとは、すなわち、「想念」としての「美」を粉々にしてしまうこと。粉々にしないまでも、価値を低めることである。別の言い方をすれば、「詩人や画家にしても、心に描く像をそのまま豊かに写し取れるわけではなく、世界を装うといっても、もっとほのかで、かすかな美でもってするしかない」。すなわち、芸術活動とは、はじめから矛盾を孕む。価値が下がると知りながら、価値あるものを「具体化」する。美しさを減ずると思いながら、美しいものを描く。そうと気がついているならば、「具体化」を思いとどまればよいではないか。「世界を装う」ことを止めればよいではないか。だが、思いとどまり、止めることは、芸術の放棄にほかならない。オーウェンは、この矛盾に苦しむ。この不条理にさいなまされる。そして、最後に、究極の芸術として、美を「魂の中でじっと抱く」。

芸術家が理想美を達成するほど高まると、理想美を人間の感覚で捉えるものにしている象徴は、目にはほとんど価値のないものとなり、芸術家は、美の実体を、魂の中でじっと抱いているのであった。

〈芸術家の孤高と愛〉

オーウェンは、創作と愛とを重ね合わせる。「理想美」を創造するのは、ほかでもない。愛するアニーのためだと言い切る。

「アニーに間違いない」オーウェンはつぶやいた。（中略）アニー、いとしいアニー、僕の心臓を強くし、手に力を与えて欲しいのに、こうまで震えさせるとは。僕が美の魂そのものを形に表わし、動くものにしようとするのは、誰のためでもない。君のためなのだ」

創造を、特定の女性のためにと限定する。特定の女性に受け入れてもらいたいために、作品を作る。芸術活動とは、確かに、そうした私的な感情から生まれるものかもしれない。しかし、作り出された作品となると、それではすまない。たとえ、始まりは個人的な感情ではあっても、芸術作品は、結果として、個を離れなければならない。特定の人、特定の時、特定の場所を超えて、普遍の存在になる必要がある。それでこそ、真の芸術作品と言える。

普遍への脱却は、芸術の対象者だけではすまない。芸術作品は、やがては、創作者の手をも離れる。真の作品は、作者不詳となる運命にあるのだ。蝶が自分の方へ戻るのを見て、オーウェンは叫ぶ。「お前は、もう主人の心から出て行ったのだ。戻る所はない」。

作品を対象にした人にしろ、作品を創作する人にしろ、最終的には、個としての結びつきはなくなる。個を消滅させるとは、確かに、暗く寂しいことである。しかし、これは、芸術家の真の孤独ではない。芸術家が心底苦しむ孤独とは、広く世間から断絶することである。

預言者、詩人、改革者、犯罪人、そして、人間への憧れを抱きつつも、数奇な運命に弄《もてあそ》ばれて、大衆から孤立する人が、おそらく感ずる思い。この思いを、哀れにも、オーウェンは抱いていた。

「大衆から孤立する」。言い換えれば、「大衆」を超越する。芸術家は、「大衆」と同じであってはならない。「大衆」とともにありながら、「大衆」の上を行かなければならない。そうすることで、芸術家は、はじめて、真の芸術家足りうるのである。超絶を目指す芸術家であればなおのこと。地上にありながら、地上の価値を超絶する。感覚界にいながら、五感を超えた世界を目指す。これが、超絶主義者オーウェンの務めである。だからこそ、逆に、地上の心のぬくもりを求める。とりわけ、愛する人の共感を欲する。

オーウェンの心に、ある思いが密かに浮かんだ。世間広しといえども、この若い女性ほど、僕を理解する才に恵まれている人はいないのではないか。唯一愛する女《ひと》の共感を得られれば、こうして寂しく苦労する身には、どんなにか助けとなり、力となることか。

この芸術家の願いは、もちろん、実現不可能である。地上から飛び立とうと願う人が、はたして、地上の愛で満ち足りようか。いや、そもそも、地上の価値を超えようとする人が、地上の女性に理解されようか。満ち足り理解されたとしても、すぐに、いずれの側も、愛に値しないと気づくはず。アニーは、オーエンの愛を受け入れない。そして、オーウェンもまた、アニーの限界を知る。

「アニー、帰ってくれ」オーウェンは、つぶやくように言った。「勘違いしていた。だから、苦しまねばならない。僕は、共感が欲しかったのだ——僕は思い——空想し——夢みていた。君には、分かってもらえると。でも、僕の秘密に入れる特別の力など、アニー、君にはない。何ヶ月にわたる苦労も、生涯暖めてきた考えも、君に触れられ、台無しになってしまった。アニー、君のせいではないよ。でも、君は、僕をめちゃめちゃにしたのさ」

以上、駆け足で見てきたように、「美の芸術家」のテーマが、「実用主義と反実用主義」、「着想と創作」、「芸術家の孤高と愛」であるとすると、ここで、誰しもの心に素朴な疑問が湧く。はたして、これら作品上の問題は、ホーソーンの実人生とどのように係わっているのか。

「美の芸術家」執筆は、一八四三年七月以降、一八四四年四月か五月までと考えられている(1)。発表は、一八四四年、『デモクラティック・レヴュー』(*The Democratic Review*)の六月号である。一八四三年から四四年といえば、ホーソーンが、「旧牧師館」(The Old Manse)で、妻ソファイア(Sophia Hawthorne, 1809-71)と、幸せな新婚生活を送っていた頃のこと。「美の芸術家」は、愛の生活の中から生まれた作品といっても過言ではない。そうであれば、「美の芸術家」で繰り広げられる「孤高と愛」の問題は、ホーソーンの実人生とどのような関係があるのであろうか。この問題については、小論、作家とその妻——「一言も訊《き》かないともう決めています」で論ずることにする。

註

（1）小山敏三郎編注『詳注ホーソーン短篇集』I（南雲堂）三二九頁。

小論　作家とその妻

――「一言も訊《き》かないともう決めています」

〈幸せな新婚生活〉
——「アダムが神を信じたように」

一八四二年七月九日、ホーソーン（Nathaniel Hawthorne, 1804-64）とソファイア（Sophia Peabody, 1809-1871）は、三年越しの恋を実らせ、結ばれる。結婚式は、ウエスト・ストリート（West Street）のピーボディー家で行われた。そこは、ボストン・コモン（The Boston Common）から通りを一つ隔てた街の中心部。近くには由緒ある建造物が立ち並ぶ。ホーソーン家からは、式への出席者は、誰もいない。母も姉も妹も来なかった（Turner 142）。

おそらく、ホーソーンとソファイアは、その日のうちに、「馬車」（carriage）でコンコード（Concord）に向かったに違いない（1）。距離は、およそ二十マイル、季節は夏、街道沿いに続く木々の緑は、既に色濃い。時折、遠くで雷鳴が轟く（2）。ふたりは、馬車を急がせたはず。途中どこにも寄らなければ、数時間でコンコード村に着く。村は、中心部といっても、ごくわずか。低い建物がいくつか並ぶだけ。メーン・ストリートを、すぐにも通り抜けると、道は二手に分かれる。南東に進めば、エマソン（Ralph Waldo Emerson, 1803-82）の屋敷。緑の木立の中、道路沿いに、白い家が、いかにも品よく立つ。ホーソーンとソファイアは、北に折れる。道幅は広く、道筋は分かりやすい。ほぼ二ヶ月前の五月七日、既に下見をすませた（CE 8: 637）ふたりである。道に迷うことは、まずあるまい。

木々の数がいっそう増してくると、左手に、細長い白い石が見える。旧牧師館の門柱である。門の扉は朽ちて、既になく、そのまま中に入ると、視界が急に狭まる。うっそうとしたトネリコの並木道。それでも、梢の先には、わずかに日の光が揺れる（glimmering shadows）（CE 10: 3）。正面には、古い牧師館。作りは、ほぼ左右対称で、玄関をはさみ、両側に、一階、二階と、窓が、同じように並ぶ。前面に、四部屋。裏側に、さらに四部屋。計八室にしては、建物はさほど大きくはない。ひとつひとつの部屋が狭く、天井が低いからか。それでも、さすがに、一年前まで、リプリー（Ezra Ripley, 1751-1841）が住んでいた家。「牧師館」という名にふさわしく、厳かな雰囲気が漂う。

旧牧師館での生活は、ホーソーンとソファイアにとって幸せそのものであった。エマソンに頼まれて、ソロー（Henry David Thoreau, 1817-62）が、庭の手入れに来る。そのお礼にと、ホーソーン夫妻は、後日、ソローを家に招く。食卓を囲んでの楽しいひととき、三人の会話ははずむ。折しも、ルイーザ（Maria Louisa Hawthorne, 1808-52）が、兄の招きに応じて、旧牧師館に滞在していた。ひょっとしたら、ルイーザも会話に加わったかもしれない。ホーソーンとソローは、よほど意気投合したのか。食事をすませると、コンコード川にボートを浮かべる。次の日、ホーソーンは、日記に記す。ソローは「健康で健全な男」（CE 8: 355）。

ホーソーンは、また、エマソンとも親交を結ぶ。二人の家の間は、ゆっくり歩いても、半時間とはかからない距離。ときに、ホーソーンが、エマソンの家を訪れる。ときに、エマソンが、ホーソーン宅に立ち寄る。ソファイアが、エマソン夫人を訪れることもある(Sophia 67)。ホーソーンとエマソンとの関係は、見た目には、決して悪くはない。

ホーソーンは、家で、何をして過ごしたのか。もちろん、基本的には、執筆である。朝食をすませると、午前中、二階の部屋に上る。そこは、かつてエマソンが『自然論』(*Nature*, 1836)を書いた部屋。エマソンは、窓に向かって筆を走らせた。窓の外には、りんご畑、その向こうにはコンコード川。橋もわずかに見える。独立戦争の火蓋が切られた場所である。ホーソーンは、エマソンを意識してのことか、エマソンとは逆に、窓に背を向けて座ったという。机ともいえない小さな机。視線は、壁でふさがれている。エマソンは光、ホーソーンは闇。エマソンは外向き、ホーソーンは内向き。いかにもありそうな話(3)ではあるが、はたしてどうであろうか。

ホーソーンが手にするのは、ペンだけではない。ペンに代わって、「菜園の手入れ」(Sophia 59-60)に、農具を持つ。「雪かき」に、シャベルの柄を握る。「薪割り」に、ナタをふるう。「水汲み」(Sophia 66) に、バケツを運ぶ。家事を嫌がる様子は、必ずしも、ホーソーンにはない。旧牧師館に腰を落ちつけて一ヶ月余り、ホーソーンが「主に気にかけること」(My chief anxiety) と言えば、「菜園」のこと。「僕が面倒をみている野菜が大きく育つのをじっと見詰める」、「雨や日光にどうように影響されるのか、観察する」(CE 8: 331-32)。

ホーソーンは、雨が降ったり、空が曇ったりするのをひどく嫌う。妻は、心理的なことと説明する (Sophia 72) が、天気が悪いと、夫は、気分を滅入らせる。晴れれば、逆に、大いに喜び、散策に出かける。沈む太陽が美しいある夏の夕暮れ時、ホーソーンは、家の向かいの丘に登る。「コンコードの景色といっても、別段、これといって特徴があるわけではない。ただ、大いに、静寂にして美しい」(CE 8: 321)。季節が許せば、コンコード川で毎日のように水浴する。ウォールデン湖にまで出かけて、水浴びをすることもある。冬には、「朝食前から」、村の子供たちに混じり、スケートを楽しむ (Sophia 53)。エマソンとソローとともに滑ることもある。妻ソファイアは、三人の滑る姿を比べて面白がる。

ソローさんの滑りは、「経験豊か」、主人の滑りは、「堂々として厳格」、エマソンさんの滑りは、「半ば空気に身をあずけるよう」(Sophia 53)。ソファイアとふたりで、スリーピーホロー (Sleepy Hollow) の雪の斜面を滑り降りることもある。夫妻は、「子供のように」興じ、楽しい時を過ごす (Sophia 53)。

この上なくも幸福な日々。かつての独身時代のホーソーンのわびしさを知る者には、想像もつかないほどの幸せ。ホーソーン自身、みずからをアダムになぞらえる。「僕は、すべてのわずらわしさを捨て去り、楽園の向こうに世界があると気づく以前、アダムが大いに神を信じたように、いとも簡単に神を信じて、生き続けているように思える」(CE 8: 331)。これは、移り住んで、一ヵ月後の八月十三日付の日記に残した言葉である。

ホーソーンの尽きることのない喜び。堕落以前のアダムとして、イヴと楽園に遊ぶ。だが、こうした中、ホーソーンは、どうして、オーウェン (Owen Warland) の苦しみを書いたのか。芸術家としての孤独を、芸術家としての誇りと誇りを傷つけられた痛みを、そして、とりわけ、芸術と愛の葛藤を問題にしたのか。実に不思議である。

〈妻の命令〉

――「ペンを執りなさい」

幸福。しかし、幸福といっても、完全な幸福など、人の世にあろうはずはない。幸福には、たいてい、何がしかの限定がつく。夫としての幸福、妻としての幸福、社会的な幸福、経済的な幸福。限定がつくだけであればよい。一つの幸福が、他の幸福の妨げとなる。さらに、一つの幸福が他の不幸を招く。こうしたことも、少なくない。

ホーソーンは、旧牧師館で、ひとりの男として幸福であった。しかし、ひとりの作家としてはどうであったろうか。

ペンを執りなさいと、今、妻が、僕に厳命を下した。そして、命に必ず従わせようとして、妻は、僕を、十フィート四方の小さな部屋に追い払った。僕の書斎と、誤って名を頂戴した部屋である。

一日のものわびしさや孤独の重苦しさが、万が一、いかにも僕が書くものとなっても、妻は驚いてはいけない。（一八四二年八月五日）（CE 8: 315）

この口調には、誇張というか、ユーモアが漂う。ソファイアは、元来、穏やかな女性。「厳命」（strict command）とか、「追い払った」（banished）とかいう、厳しい言葉は似合わない。かりに実際ソファイアがこれらの言葉を口にしたとしても、おそらく、戯れてのことであろう。ソファイア自身、夫から日記にこう書かれたのが気に入らず、後に、原文に微妙に手を加えている。その様は、実に巧み。能動態を受動態に変えることで、「妻」という言葉を、削除している(4)。あるいは、この文面は、ホーソーン自身が、ただ、面白可笑しく、大げさに言ってみせただけのものかもしれない。現に、ホーソーンの言う、「十フィート四方の小さな部屋」は、狭すぎる。実際の旧牧師館のホーソーンの部屋は、さすがにもっと広い。ソファイアのことにしても、部屋の大きさにしても、ホーソーンの言葉が過ぎただけのことか。

いずれにせよ、滑稽な言い回しだからといって、この下りを軽視してはいけない。「僕の書斎」と「誤って名を頂戴した」(misnamed) との「誤って」に、まず、注目したい。ホーソーンは、二階の自室が「書斎」と呼ばれることが気に入らないのだ。それは、仕事場とされることを嫌うということか。

次に、「万が一」(表現としては仮定法未来 should) との断り書きも見逃せない。こんな幸せの中で、自分は、いったい、「一日のものわびしさや孤独の重苦しさ」など筆にできるものか。筆にするつもりなどない。しかし、「わびしさ」や「重苦しさ」を書く。これが、これまで作家として果たしてきた自分の務めである。そうであれば、幸せの中、「万が一」、従来通り、暗い話題を題材にしても、「妻は驚いてはいけない」のである。

さらに、「妻は驚いてはいけない」。これも、問題といえば問題である。作品のテーマに関し、「妻」の反応を見る。夫にとって、「妻」は、ひとりの評者でもあるのだ。ソファイアは、夫に深く係わっていると受け取られるのが嫌なのか。のちに、この一文をも削除する。いずれにせよ、ここには、夫婦の姿が垣間見られる。夫の作品に関心を払い続ける

「妻」、そして、そうした「妻」を気にする夫。

作家でありながら、作家の仕事場を嫌がってみせる。本来の自分の姿を知りながら、テーマに迷ってみせる。作品に対する「妻」の反応を気にしてみせる。これらは、確かに、ほんのささいなこと。「妻」との幸福な生活の中で、ホーソーンの心が、ごくわずか揺れただけのこと。

〈作家と夫の乖離〉
――「何を書けばよいのか」

ソファイアは、友人メアリー（Mary）に宛てた手紙の中で、「影」（shadow / shadowed）という言葉を二度用いる。

主人の書物をごらんになれば、主人との生活がどういうものか、ある程度見当がつきます。でも、書物に見られる姿は、主人の影の部分にすぎません。もう半分の姿は、書物には表われておりませんもの。（一八四二年十二月三十日）（Sophia 54-55）

ねえ、メアリー、実際の主人がどんな人か、ちょっと想像してごらんになって。作品には、うっすら影のようにしか出ておりません。（一八四三年四月六日）（Sophia 55）

作品から窺えるホーソーンと実際のホーソーン。妻は、両者の違いに気づき、日常でのホーソーンこそ、真実の姿だと訴える。あとは、作品上のことにすぎないと。しかし、肝心な点は、それよりも、作家として微妙に揺れる夫の気持ちである。「幸せ」に違和感を覚える夫の心である。ソファイアは、はたして、そのことにどこまで気づいているのか。作家であることと、夫であることとの乖離。幸せな夫は、作家としての本質を喪失する。作品のテーマが浮かばない。何を書いたらよいか、分からないのである。ホーソーンは、同じ日記のページにこう告白する。

僕は、いったい、何を書けばよいのか。幸福には、連続する出来事などまったくない。幸福は、永遠の一部。この旧牧師館に来てからというもの、僕らは永遠に住んでいる。（一八四二年八月五日）（CE 8: 315）

ホーソーンが、孤独な日々、ひたすら求めたことは、孤独から救われることであった。冷え冷えとした心がぬくもり、底知れない寂しさが和らぎ、影のような存在が明るく輝き出す。ホーソーンは、ソファイアの愛を得て、孤独ではなくなった。その喜びを、手紙の中で、ソファイアに率直に伝えている。

僕という人間を分からせてくれたのは、君をおいてほかにいない。君の助けがなかったならば、自分といっても、せいぜい、影を知る程度のこと。影が壁に揺らめき、その幻影を実際の行動と取り違えるだけのこと。実際、僕らは、影にすぎない。真実の生活など与えられていない。（中略）

心が触れ合い、僕らは生まれ、そして、存在し始める――そうすることで、真実の存在になり、永遠を引き継ぐ者になるのだ。（一八四〇年十月四日）（Love Letters 225）

そして、今、旧牧師館で、ソファイアと幸せに暮らす。だが、幸せになったのはよいが、幸せになったことで、かえって、作家として大切なものを失ってしまう。「書く」（write about）題材がない。「幸福には、連続する出来事などまったくない」（Happiness has no succession of events）。これは、大げさに言えば、作家としての死を意味する。そうでなくても、作家は、ひとたび根を詰めれば、書くことに嫌気がさすもの。すっかり吐き出したあとは、何も「書け」なくなる。ホーソーンは、「何ヶ月か絶えず仕事をやり続けた」後、ひどい虚脱感に襲われる。

でも、僕は、ここで、なおも地上にとどまり、正直、内心とっても幸せである。だが、自分が馬鹿になってしまったとの感じに見舞われ、ひどく困惑している。思うに、これは、人間が経験する中でも、もっとも陰鬱な感じの一つ。鈍った筆、かじかんだ姿(5)、強く捉えきれない心を思い知らされる。知性の働きが鈍いのには、苛立ちを感ずる。（一八四三年四月二十五日）(CE 8: 379-80)

〈夫を気遣う妻〉
――「良心がとがめました」

問題はさらに続く。確かに、ソファイアは、ホーソーンのよき理解者。かけがえない支持者である。これは、紛れもない事実。だが、通常、妻とはいえども、夫をすべて知り尽くせるわけではない。夫を完全に支えられるわけでもない。ましてや、夫が芸術家であれば、事は、いっそうむずかしい。芸術家である夫にしても、それをいたいほど知っている。知っているからこそ、気を遣う妻の存在が、ときとして、かえって負担となる。

ソファイアは、母親に、手紙でこう知らせる。

十二時半にパレットを置かなくてはいけなかった。置くと、二階に上り、書斎を覗き、夫の姿を見た。夫は、書き物をしていました。邪魔をしたのではないかと、良心がとがめました。（一八四三年十二月）（Sophia 68-69）

夫が二階で作品を書く間、ソファイアは、下で絵筆を握り続ける。でも、「十二時半にパレットを置かなくては」ならない。昼食の準備にかかろうとするのか。お手伝いのモリー（Molly）は、もういないのか(6)。この日は、午後、突如、チャニング（William Ellery Channing, 1818-1901）の来訪を受けている。それもあってか、夫妻が昼食をとったのは、午後三時である（Sophia 68）。

それにしても、ソファイアが、二階に上り、夫の「書斎を覗く」とは。いや、「覗く」のはまだよい。「邪魔をした」と「良心がとがめる」（conscience-stricken）とは。それほどまで、妻は、夫に神経質なのか。それほどまでに、夫は気難しいのか。ソファイアの心に走るわずかな緊張。では、「覗かれる」側の夫の心はどうなのか。妻の気遣いが嬉しいのか。それとも、多少うとましいのか。

さらに想像は広がる。夫は、二階で文章を書き、妻は、真下の部屋で絵を描く。この構図は、微笑ましいといえば、実に微笑ましい。しかし、当のホーソーンにしてみれば、微笑ましいだけではすまないはず。

作家は、必ずしも、順調に筆が運ぶとは限らない。筆が滞ることもあれば、まったく止まることもある。滞り、止まれば、落ち着きを失う。落ち着きを失えば、ときに窓辺に寄りかかる。ときに部屋を歩き回る。そして、ひょっとしたら、原稿を丸め、頭を抱えることもあるかもしれない。

旧牧師館は、木造作り、天井も低い。歩くと、床が軋む。床の軋みは、確実に、階下のソファイアに伝わる(7)。ソファイアのことである。二階の動きに、神経をぴんと張り詰めているに違いない。いや、ソファイアがかりに気にしていないとしても、ホーソーン本人にしてみれば、心穏やかではいられない。椅子を引く音、部屋を歩き回る音、原稿を丸める音、咳払い。すべての行為が、階下に響くかもしれない。階下のことを心配するだけでも、心理的にかなりつらいのである。

〈作品の出来を心配する妻〉
――「ふたたび読みたいです」

こうまで想像を広げるのは、ほかでもない。妻ソファイアが、常に、夫にあまりに深く関心を寄せているからである。「戻ってくるとすぐ、主人は、真剣に原稿を書き始めました。それからが、私の余暇の始まり。食事まで、夫には会いませんもの」(Sophia 50-51)。「主人は、ほんの少しだけ書くと、庭の手入れをたくさんしました」(Sophia 59-60)。「今朝、私は、絵を描き、楽しく過ごしました。(中略)きっと二階の主人も、幸先のよい朝を迎えているはずと感じました」(Sophia 69)。

ソファイアは、単に事実を記しているのではない。「真剣に」とか、「幸先のよい」とか、状況まで判断する。まるで、夫を注視するかのようである。執筆は「ほんの少し」。だが、

もない。「庭の手入れ」は「たくさん」。解釈の仕方によっては、これは、皮肉と受け取れないこと

ソファイアは、さらに、夫の作品の出来にも心を砕く。「夫は午前中ずっと執筆。『デモクラティック・レヴュー』をごらんになりますかしら。三月号に「人生の行進」（The Procession of Life）が掲載されております。ジョナサン・フィリップス（Jonathan Phillips）さんがエリザベスにこう言いました。とてもよい作品だと思う。夫の書いたほかの作品もすべて、すぐにでも読むと」（Sophia 56）。「『デモクラティック・レヴュー』に夫の「火を崇める」（Fire Worship）が掲載されました。読むのが待ち遠しかったです。いつものように、誰にもまったく真似できない作品です」（Sophia 65）。「どうして最近の号を送っていただけなかったの。もう、夫は、我慢の限界。私も、冷え冷えとした心を描いたあのすばらしい真実の作品をふたたび読みたいです」（Sophia 70）。これは、短編「我意の人」（Egotism: or, The Bosom-Serpent）のこと。「ふたたび」とは、おそらく、原稿の段階で、既に、夫から読み聞かされているに違いない。

夫の創作へのソファイアのただならない関心。それも当然のこと。実は、ソファイア自身、文学にかなり造詣が深い。十歳のときから、姉エリザベス（Elizabeth Peabody, 1804-94）の指導を受け、教養を積む。ラテン語、フランス語、ギリシャ語、ヘブライ語も読んでいた（McFarland 26）。結婚後は結婚後で、夜、夫が読み聞かせるシェイクスピアやミルトンの作品に耳を傾ける。ときには、作品の好き嫌いを口にする。「今日、主人に、『ヴェローナの二紳士』を一部読んでもらいました。でも、私は、あまり好きではありません」（Sophia 66）。ドイツ語もいくらかでき、夫のすごさを認めながらも、「ドイツ語の発音は、夫よりもまったく上よ（entire preeminence）」（Sophia 56）と、手紙で、自慢げに友人に語る。

〈妻の決心〉

——「一言も訊《き》かない」

けなげに従いつつも、文学の世界に大きく係わる。控えめでありながらも、創作に深い関心を示す。ホーソーンにしてみれば、妻ソファイアは、心の大きな支え。作家としての自分を励ましてくれる、実にありがたい存在。だが、これは、両刃の剣。一歩間違えれば、けなげな助けは、心の重荷になりかねない。創作への係わりは、創作の監視役にならないとも限らない。相手が母親であるせいか、ソファイアは、実に率直に、自らの心の内を語る。

今、夫がどのような作品を書いているのかさえ、私、知りません。夫が書いているものについて、一言も訊かないともうひとり決めていますから。私にしても、どんな絵を描いているのか話すのは、いつも嫌でしたもの。夫は、たいていは話してくれます。でも、ときには、原稿を出版社に送る前、読み聞かせてくれるまで、物語の内容は分からないままなの。芸術作品を展開しているとき、繊細できむずかしくなる夫の気持ちが、分かりますから。（一八四四年一月九日）(Sophia 70)

「夫がどのような作品を書いているのかさえ、私、知りません」。「訊かない」。「いつも嫌でしたもの」、「繊細できむずかしくなる夫の気持ち」。これまでのソファイアとは、口ぶりがずいぶん異なりはしないか。夫のことを誰よりもよく分かり、夫を誰よりもよく元気づける。この妻としての自信と誇りは、ここでは、もうすっかり影を潜めている。それに代わって、物語の内容を語ってくれない夫への不満が表われる。「一言も訊かない」の「一言も」には、すねた口調さえ感じられないか。

「一言も訊かないともうひとり決めています」。「ひとり」(to myself) というのであるから、夫への不干渉は、ソファイアが、勝手に「決めた」ことかもしれない。しかし、そう決心したのは、夫の気持を汲んでのこと。夫が嫌がっていると感じたからに相違ない。相手が妻であっても、作品の内容を知られることを快く思わない。もっとも理解してくれるはずの人からでも、創作を干渉されることをおもしろく思わない。こんなホーソーンの姿が、いや、こんなホーソーンの心の動きが、ソファイアの言葉からおぼろげながら浮かんできはしないか。「一言も訊かないともう決めています」。

〈ホーソーンの心の声〉
——「どんなに誉《ほ》めてくれようとも」

ホーソーンは、一八四六年『旧牧師館の苔』（*Mosses from an Old Manse*）を発表する。この短編集には、主に、旧牧師館に住んでいた頃に書かれた作品が収められている。傑作が多く、なかでも、「痣」（The Birth-mark, 1843）、「美の芸術家」（The Artist of the Beautiful, 1844）、「ラパチーニの娘」（Rappaccini's Daughter, 1844）は、特に優れている。

ホーソーンは、旧牧師館時代、作品が書けなかったのでは決してない。むしろ、この時期、作家として、充実した日々を送っていた。評価の高い芸術作品を世に問い、かつ、幸せな日常生活を送る。まるで、日常と芸術との乖離など、ホーソーンには無関係というかのようである。

だが、はたして、真実そうなのか。作品が書けるから、芸術家としての試練はない。作品が書けないから、芸術家の問題に苦しむ。こういうものではなかろう。作家は、傑作を生み出しながらも、作家として苦闘する。作家としてのあり方に苦しみながらも、りっぱな仕事を残す。日常と芸術の乖離、愛と芸術の葛藤は、ホーソーンにとっても、決して小さい問題ではなかったのである。そして、事実、そうした苦闘があればこそ、「美の芸術家」という傑作が生まれたと言える。

では、最後に問いたい。旧牧師館でのホーソーンとソファイアとの微妙な関係は、「美の芸術家」にどのように反映されているのか。ホーソーンやソファイアのどの言葉が、直接、オーウェンやアニーの言葉になるのか。ホーソーンやソファイアのどの姿が、オーウェンやアニーの姿と重なるのか。

だが、こうした問いに答えるのはむずかしい。ひとつひとつ個別に比較するのは困難である。第一に、現実の人間関係と作品での人間関係は大きく異なる。ホーソーンは作家、オーウェンは美の芸術家。ソファイアは作家ホーソーンの妻、アニーはいわば敵対する鍛冶屋の妻。ソファイアは、芸術の分かる才女、アニーは、芸術には疎い人。さらに、作品には、かつての時計屋の師匠、鍛冶屋、そして子供まで加わるのである。第二に、そもそも、芸術作品を、作家の実人生と安易に結びつけてよいのかとの疑問がある。作品は、作家の生き様とは別もの。両者を安易に比べれば、作品の芸術性を損なうことになる。同時に、作家の本質をも見誤ることになる。

にもかかわらず、作品「美の芸術家」のあとに、筆者が、あえて、推論を交えながら、ホーソーンとソファィアの生き様を論ずるのはなぜか。「美の芸術家」を読むと、オーウェンの声に、作家として苦悶するホーソーンの声が聞こえてくるからである。アニーの姿に、あまりにも健気なソファィアの姿が、時にはそのままに、そして時には逆様に、重なるからである。声はかすか、姿はおぼろげ。しかし、筆者の心に止み難く迫ってくる。

オーウェンは分かっていたのだ。世間にしろ、その代表であるアニーにしろ、どんなに誉《ほ》めてくれようとも、芸術家が完全に報われるような、ぴったりとする言葉を口にすることも、ぴったりとする感情を抱くことも、決してできはしないと。

注

本文中、略字は、それぞれ次の作品を示す。

CE 8: *The American Notebooks, The Centenary Edition of the Works of Nathaniel Hawthorne*, vol. VIII, eds, William Charvat, Roy Harvey Pearce and Claude M. Simpson（Columbus: Ohio State University Press, 1972）

CE 10: *Mosses from an Old Manse, The Centenary Edition of the Works of Nathaniel Hawthorne*, vol. X, eds. William Charvat, Roy Harvey Pearce and Claude M. Simpson（Columbus: Ohio State University Press, 1974）

Love Letters: *Love Letters of Nathaniel Hawthorne 1839-1863*（Chicago: The Society of the Dofobs, 1907; NCR, 1972）

McFarland: Philip McFarland, *Hawthorne in Concord*（New York: Grove Press, 2004）

Sophia: Rose Hawthorne Lathrop, *Memories of Hawthorne*（Boston: 1897; New York: AMS Press, 1969）

Turner: Arlin Turner, *Nathaniel Hawthorne: A Biography*（New York: Oxford University Press, 1980）

（1）この辺りの事情に関しては、拙論「ホーソーンとソローとオルゴール」『ホーソーンの軌跡——生誕二百年記念論集』（開文社出版、二〇〇五年）。一四五頁から一六七頁を参照。

（2）Randall Stewart, "Hawthorne and his bride rode in a carriage out to Concord. There was a thunderstorm in the course of the journey." *Nathaniel Hawthorne: A Biography*（Archon Books, 1970）p. 62.

（3）「旧牧師館」の現地説明などでも、たびたび耳にする比較。

(4) Friday, August 5th, 1842. A rainy day—a rainy day—and I do verily believe there is no sunshine in this world, except what beams from my wife's eyes. At present, she has laid her strict command on me to take pen in hand; and, to ensure my obedience has banished me to the little ten-foot-square apartment, misnamed my study; but she must not be surprised, if the dismalness of the day, and the dulness of my solitude, should be the prominent characteristics of what I write. N. Hawthorne, *The American Notebooks*. CE 8: 315.

Concord, *August* 5.—A rainy day,—a rainy day. I am commanded to take pen in hand, and I am therefore banished to the little ten-foot-square apartment misnamed my study; but perhaps the dismalness of the day and the dulness of my solitude will be the prominent characteristics of what I write. *Passages from The American Note-Books, The Complete Writings of Nathaniel Hawthorne*（Boston and New York: Houghton, Mifflin and Company, 1900）vol. XVIII, p. 358.

(5) 原文は、benumbed figures（CE 8: 379）。benumbed fingers「かじかんだ指」とも考えられる。

(6) 一八四三年春頃は、モリー（Molly）という名を、『アメリカ・ノートブック』に散見する。（CE 8: 375, 378）。

(7) 筆者は、旧牧師館で、実際に確かめている。当時より、さらに一五〇年以上も経過し、老朽化が進んでいることも考慮に入れなければならないが、二階の音は、階下に伝わったと考えられる。

「荒削りの石の背の高い門柱の間に、
古い牧師館の灰色の正面が見えた。」(「旧牧師館」)

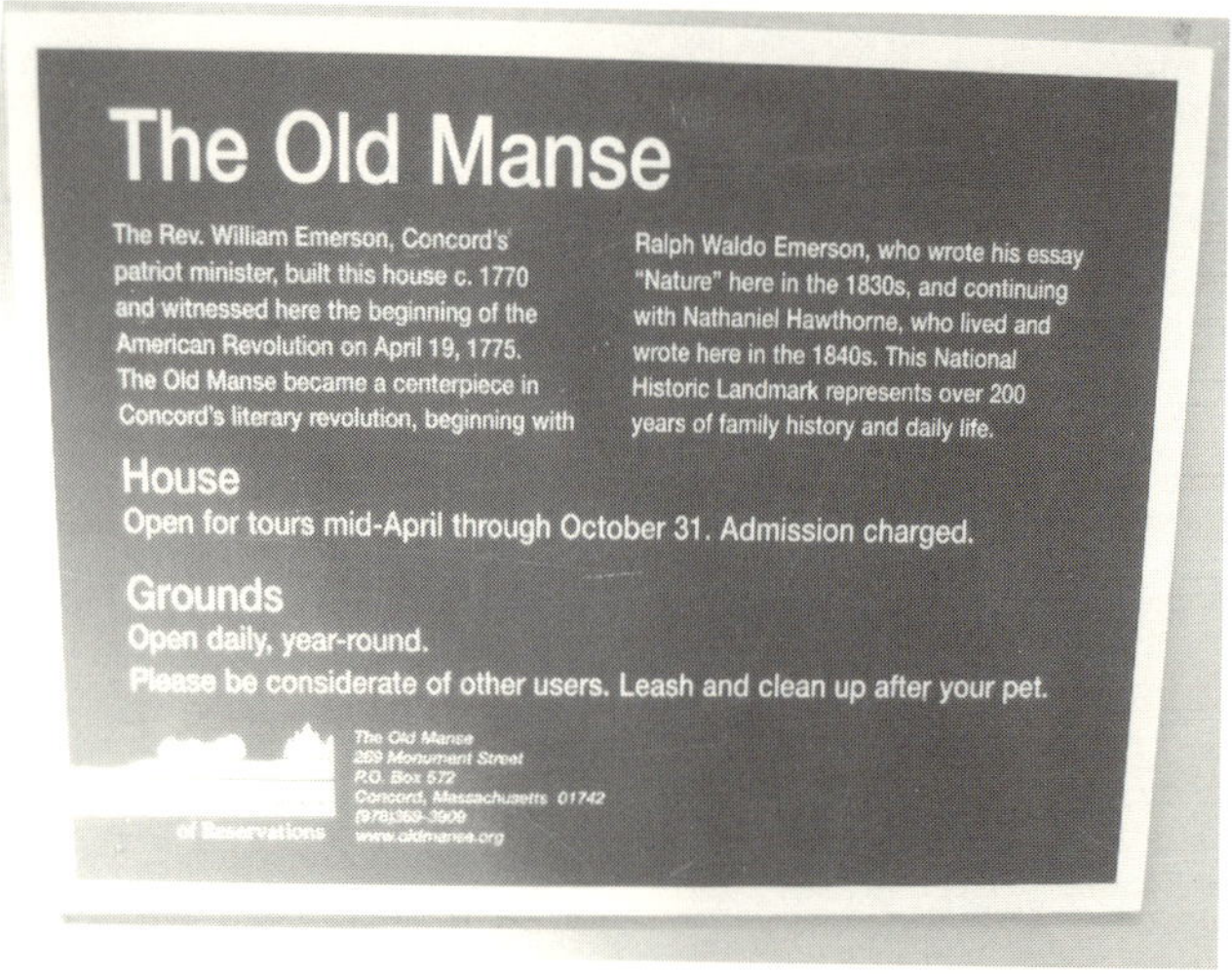
The Old Manse
The Rev. William Emerson, Concord's patriot minister, built this house c. 1770 and witnessed here the beginning of the American Revolution on April 19, 1775. The Old Manse became a centerpiece in Concord's literary revolution, beginning with Ralph Waldo Emerson, who wrote his essay "Nature" here in the 1830s, and continuing with Nathaniel Hawthorne, who lived and wrote here in the 1840s. This National Historic Landmark represents over 200 years of family history and daily life.
House
Open for tours mid-April through October 31. Admission charged.
Grounds
Open daily, year-round.
Please be considerate of other users. Leash and clean up after your pet.
The Old Manse
269 Monument Street
P.O. Box 572
Concord, Massachusetts 01742
(978)369-3909
www.oldmanse.org

旧牧師館の銘板
上下の写真とも、著者撮影(2007年9月)

あとがき

筆者には、長いこと、密かな夢があった。どんなに小さくてもよい。作品と小論を併せる形で、ホーソーンの「芸術家の孤独と愛」の問題を一冊の本にまとめられないか。「美の芸術家」を翻訳することと、芸術家としてのホーソーン像を描くこと。両者を同時に満たすことで、作品と作家双方の立場から、ホーソーンの芸術家像を映し出したかったのである。今回、実現することができた。

「美の芸術家」は、質の高い作品である。文章は、重厚にして、味わい深く、内容も実に深く色濃い。何とか美しい日本語に置き換えられないか。心抑え難く誘われていたのである。ただ、この作品には、既に、優れた翻訳があり（大橋健三郎・小津次郎訳『緋文字／美の芸術家他』世界文学全集17、集英社一九七〇年）、今更、との思いもあった。だが、わずかにでも自分らしさを出せればと願い、挑むことにした。訳文は、リズムある日本語を心がけたつもりである。

翻訳に当たっては、影響されることを恐れて、訳稿ができ上がるまで、大橋訳はいっさい見なかった。訳が完成して参照してみると、ずいぶんと勉強になった。心からお礼を申し上げたい。また、高村勝治注『The Birthmark and Other Tales』（研究社）、小山敏三郎編注『詳注ホーソーン短篇集』Ⅰ（南雲堂）も、随時、参考にさせていただいた。深く感謝したい。小山注からは、細かな点を学んだ。高村注からは、いわば駆け出しの頃から教えを受け、以前、注（絶版）をつけるときにも負うところがあった。注は、三十年以上も昔、修士課程修了後一年余りで、未熟なまま挑んだものである。今回、本書を通じて、不備を補えればと願っている。

小論　作家とその妻――「一言も訊かないともう決めています」は、作家であることをめぐってのホーソーンとソファイアの心の動きを忖度し論じたものである。推論と言えば推論、伝記と言えば伝記で、「美の芸術家」を純粋に一個の独立した世界として読みたいと考える読者には、無用なものかもしれない。ただ、筆者には、「美の芸術家」を読むと、いつも、ホーソーンやソファイアの言葉が聞こえてくる。その声が、何を意味するのか、本論では、その一端を示したつもりである。なお、この問題については、今後、エマソンとの関係をも含めて、さらに論を深めていきたい。

本年、九月の初め、一年ぶりでボストンを訪れた。メーン州まで足をのばし、ホーソーンの出身大学ボードン・カレッジへ行き、緑の多い中、キャンパスを歩いた。図書館のご好意で、ホーソーンの生原稿や『緋文字』の初版本に接することができた。また、「旧牧師館」に出向いた折には、担当者総出で、いろいろな質問に答えていただいた。ホーソーンを愛する人たちとの実に楽しいひとときであった。これもまた、文学に親しむことの喜びの一つである。

開文社出版によってすばらしい本に仕上がった。安居洋一氏に、心からお礼を申し上げたい。

二〇〇七年九月　訳著者

略歴

矢作三蔵

一九四九年生まれ。学習院大学人文科学研究科修士課程修了。学習院大学助手、高知大学助教授、山梨大学教授を経て、現在、学習院大学文学部教授。専門は、十九世紀アメリカ文学。

著書　単著『アメリカ・ルネッサンスのペシミズム』（開文社出版）、単著『本格派の口語英語』（開文社出版）、共著『アメリカ文学史入門』（創元社）、共著『ホーソーンの軌跡』（開文社出版）その他。

美の芸術家　ホーソーン　〔検印廃止〕

2008年 2 月 20 日　初版発行

著　　者　矢　作　三　蔵
発 行 者　安　居　洋　一
印刷・製本　モリモト印刷株式会社

〒160-0002　東京都新宿区坂町26番地
発行所　開文社出版株式会社
TEL（03）3358-6288・FAX（03）3358-6287
www.kaibunsha.co.jp

ISBN978-4-87571-996-0　C3097